운수 좋은 날

2000년 5월 12일 1판 1쇄 발행   2003년 4월 10일 1판 3쇄 발행
2004년 3월 10일 2판 1쇄 인쇄   2004년 3월 15일 2판 1쇄 발행

지은이 현진건
엮은이 문흥술

펴낸이 임은주
펴낸곳 청개구리
출판등록 2003년 10월 1일 제22-2403호
주소 (137-070) 서울 서초구 서초동 1359-4 동영빌딩
전화 584-9886~7 / 팩스 584-9882
전자우편 treefrog2003@hanmail.net

주간 조태림
편집 하은애 곽현주 / 영업관리 김형열

값 6,000원

잘못된 책은 바꾸어 드립니다.
엮은이와의 협의에 의해 인지를 붙이지 않습니다.
ⓒ2004 청동거울, 문흥술

Copyright ⓒ 2004 CHEONGDONGKEOWOOL Publishing Co. & Moon, Heung Sul.
All right reserved.
First published in Korea in 2004 by CHEONGDONGKEOWOOL Publishing Co.
Printed in Korea.

ISBN 89-954496-2-4
ISBN 89-954496-1-6(세트)

청개구리 |텐|텐| 문고 ❶

운수 좋은 날

현진건 대표 소설선
•
문흥술 엮음

청개구리

40대의 빙허(憑虛) 현진건(玄鎭健)

차 례

 운수 좋은 날   9

 빈처   29

 술 권하는 사회   61

 불   81

 B사감과 러브 레터   93

 까막잡기   105

 발   125

피아노   141

고향   147

사립 정신병원장   159

할머니의 죽음   175

십대들을 위한 감상의 길잡이

현진건 문학 자세히 읽기
사실주의적 경향과 단편소설의 기틀 확립/문흥술   196

현진건 문학사전   211

논술 포인트 10   218

일러두기

1. 이 책에 실린 현진건 소설 작품의 띄어쓰기 및 맞춤법은 원작의 의미를 훼손하지 않는 범위내에서만 현대 표기법에 따랐음을 밝혀 둔다.
2. 소설 속에 나오는 고어 및 한자어 등 어려운 낱말은 본문에 *를 달아 표시하고 책 뒤쪽의 〈현진건 문학사전〉에서 설명해 놓았다.

운수 좋은 날

■ ■ "이 눈깔! 이 눈깔! 왜 나를 바라보지 못하고 천장만 보느냐, 응?" 하는 말끝엔 목이 메었다. 그러자 산 사람의 눈에서 떨어진 닭의 똥 같은 눈물이 죽은 이의 뻣뻣한 얼굴을 어룽어룽 적시었다. 문득 김 첨지는 미칠 듯이 제 얼굴을 죽은 이의 얼굴에 한데 비비대며 중얼거렸다. "설렁탕을 사다 놓았는데 왜 먹지를 못하니, 왜 먹지를 못하니…… 괴상하게도 오늘은! 운수가 좋더니만……."

운수 좋은 날

　새침하게 흐린 품이 눈이 올 듯하더니 눈은 아니 오고 얼다가 만 비가 추적추적 내리었다.
　이날이야말로 동소문 안에서 인력거꾼* 노릇을 하는 김 첨지에게는 오래간만에도 닥친 운수 좋은 날이었다. 문안*에(거기도 문밖은 아니지만) 들어간답시는 앞집 마나님을 전찻길까지 모셔다 드린 것을 비롯으로 행여나 손님이 있을까 하고 정류장에서 어정어정하며 내리는 사람 하나하나에게 거의 비는 듯한 눈길을 보내고 있다가 마침내 교원인 듯한 양복쟁이를 동광학교(東光學校)까지 태워다 주기로 되었다.
　첫번에 30전, 둘째 번에 50전 ― 아침 갯바람에 그리 흔치 않은 일이었다. 그야말로 재수가 옴붙어서 근 열흘 동안 돈 구경도 못한 김 첨지는 10전짜리 백동화* 서 푼, 또는 다섯 푼이 찰깍하고 손바닥에 떨어질 때 거의 눈물을 흘릴 만큼 기뻤었다. 더구나 이날 이때에 이 80전이라는 돈이 그에게 얼마나 유용한지 몰랐다. 컬컬한 목에 모주 한잔도 적실 수 있거니와 그보다도 앓는 아내에게 설렁탕 한 그릇도 사다 줄 수 있음이다.
　그의 아내가 기침으로 쿨룩거리기는 벌써 달포*가 넘었다. 조밥도 굶기를 먹다시피 하는 형편이니 물론 약 한 첩 써본 일이 없다. 구태여 쓰려면 못 쓸 바도 아니로되 그는 병이란 놈에게 약을 주어 보내면 재밀 붙여서 자꾸 온다는 자기의 신조(信條)

에 어디까지 충실하였다. 따라서 의사에게 보인 적이 없으니 무슨 병인지는 알 수 없으되 반듯이 누워 가지고, 일어나기는 새로 모로도 못 눕는 걸 보면 중증은 중증인 듯. 병이 이대도록 심해지기는 열흘 전에 조밥*을 먹고 체한 때문이다. 그때도 김 첨지가 오래간만에 돈을 얻어서 좁쌀 한 되와 10전짜리 나무 한 단을 사다 주었더니, 김 첨지의 말에 의지하면, 그 오라질* 년이 천방지축(天方地軸)*으로 냄비에 대고 끓였다. 마음은 급하고 불길은 달지 않아 채 익지도 않은 것을 그 오라질 년이 숟가락은 그만두고 손으로 움켜서 두 뺨에 주먹덩이 같은 혹이 불거지도록 누가 빼앗을 듯이 처박질하더니만 그날 저녁부터 가슴이 땅긴다, 배가 켕긴다고 눈을 홉뜨고 지랄병을 하였다. 그때 김 첨지는 열화와 같이 성을 내며,

"에이, 오라질 년, 조랑복은 할 수가 없어, 못 먹어 병, 먹어서 병, 어쩌란 말이야! 왜 눈을 바루 뜨지 못해!"

하고 김 첨지는 앓는 이의 뺨을 한 번 후려갈겼다. 홉뜬 눈은 조금 바루어졌건만 이슬이 맺히었다. 김 첨지의 눈시울도 뜨끈뜨끈하였다.

이 환자가 그러고도 먹는 데는 물리지 않았다. 사흘 전부터 설렁탕 국물이 마시고 싶다고 남편을 졸랐다.

"이런 오라질 년! 조밥도 못 먹는 년이 설렁탕은, 또 처먹고

지랄병을 하게."
라고 야단을 쳐보았건만, 못 사주는 마음이 시원치는 않았다.
 인제 설렁탕을 사줄 수도 있다. 앓는 어미 곁에서 배고파 보채는 개똥이(세 살먹이)에게 죽을 사줄 수도 있다―80전을 손에 쥔 김 첨지의 마음은 푼푼하였다.
 그러나 그의 행운은 그걸로 그치지 않았다. 땀과 빗물이 섞여 흐르는 목덜미를 기름 주머니가 다 된 광목 수건으로 닦으며, 그 학교 문을 돌아 나올 때였다. 뒤에서 "인력거!" 하고 부르는 소리가 난다. 자기를 불러 멈춘 사람이 그 학교 학생인 줄 김 첨지는 한 번 보고 짐작할 수 있었다. 그 학생은 다짜고짜로,
 "남대문 정거장까지 얼마요?"
라고 물었다. 아마도 그 학교 기숙사에 있는 이로 동기방학*을 이용하여 귀향하려 함이리라. 오늘 가기로 작정은 하였건만 비는 오고, 짐은 있고 해서 어찌할 줄 모르다가 마침 김 첨지를 보고 뛰어나왔음이리라. 그렇지 않으면 왜 구두를 채 신지 못해서 질질 끌고, 비록 '고구라' 양복일망정 노박이로* 비를 맞으며 김 첨지를 뒤쫓아나왔으랴.
 "남대문 정거장까지 말씀입니까?"
하고 김 첨지는 잠깐 주저하였다. 그는 이 우중에 우장*도 없이 그 먼 곳을 철벅거리고 가기가 싫었음일까? 처음 것, 둘째 것으

로 그만 만족하였음일까? 아니다, 결코 아니다. 이상하게도 꼬리를 맞물고 덤비는 이 행운 앞에 조금 겁이 났음이다. 그리고 집을 나올 때 아내의 부탁이 마음에 켕기었다―앞집 마나님한테서 부르러 왔을 때 병인은 그 뼈만 남은 얼굴에 유일의 생물 같은 유달리 크고 움푹한 눈에 애걸하는 빛을 띠며,

"오늘은 나가지 말아요. 제발 덕분에 집에 붙어 있어요. 내가 이렇게 아픈데……."

라고 모기 소리같이 중얼거리고 숨을 걸그렁걸그렁하였다. 그때에 김 첨지는 대수롭지 않은 듯이,

"아따, 젠장맞을 년, 별 빌어먹을 소리를 다 하네. 맞붙들고 앉았으면 누가 먹여 살릴 줄 알아?"

하고 훌쩍 뛰어나오려니까 환자는 붙잡을 듯이 앞을 내저으며,

"나가지 말라도 그래, 그러면 일찍이 들어와요."

하고 목메인 소리가 뒤를 따랐다…….

정거장까지 가잔 말을 들은 순간에 경련적으로 떠는 손, 유달리 큼직한 눈, 울 듯한 아내의 얼굴이 김 첨지의 눈앞에 어른어른하였다.

"그래 남대문 정거장까지 얼마란 말이오?"

하고 학생은 초조한 듯이 인력거꾼의 얼굴을 바라보며 혼자말 같이,

"인천 차가 열한 점에 있고, 그 다음에는 새로 두 점이든가."
라고 중얼거린다.
"1원 50전만 줍시오."
 이 말이 저도 모를 사이에 불쑥 김 첨지의 입에서 떨어졌다. 제 입으로 부르고도 스스로 그 엄청난 돈 액수에 놀래었다. 한꺼번에 이런 금액을 불러라도 본 지가 그 얼마 만인가? 그러자 그 돈 벌 용기가 병자에 대한 염려를 사르고 말았다. 설마 오늘 내로 어떠랴 싶었다. 무슨 일이 있더라도 제일 제이의 행운을 곱친 것보다도 오히려 갑절이 많은 이 행운을 놓칠 수 없다 하였다.
"1원 50전은 너무 과한데."
 이런 말을 하며 학생은 고개를 기웃하였다.
"아니올시다. 이수(理數)로 치면 여기서 거기가 시오 리가 넘는답니다. 또 이런 진 날에 좀더 주셔야지요."
하고 빙글빙글 웃는 차부의 얼굴에는 숨길 수 없는 기쁨이 넘쳐 흘렀다.
"그러면 달라는 대로 줄 터이니 빨리 가요."
 관대한 어린 손님은 그런 말을 남기고 총총히 옷도 입고 짐도 챙기러 갈 데로 갔다.
 그 학생을 태우고 나선 김 첨지의 다리는 이상하게 거뿐하였

다. 달음질을 한다느니보다 거의 나는 듯하였다. 바퀴도 어떻게 속히 도는지 구른다기보다 마치 얼음을 지쳐 나가는 '스케이트' 모양으로 미끄러져 가는 듯하였다. 언 땅에 비가 내려 미끄럽기도 하였지만.

이윽고 끄는 이의 다리는 무거워졌다. 자기 집 가까이 다다른 까닭이다. 새삼스러운 염려가 그의 가슴을 눌렀다.

"오늘은 나가지 말아요. 내가 이렇게 아픈데!" 이런 말이 잉잉 그의 귀에 울렸다. 그리고 병자의 움쑥 들어간 눈이 원망하는 듯이 자기를 노리는 듯하였다. 그러자 엉엉하고 우는 개똥이의 곡성을 들은 듯싶다. 딸국딸국 하고 숨 모으는 소리도 나는 듯싶다.

"왜 이리우, 기차 놓치겠구먼."

하고 탄 이의 초조한 부르짖음이 간신히 그의 귀에 들어왔다. 언뜻 깨달으니 김 첨지는 인력거 채를 쥔 채 길 한복판에 엉거주춤 멈춰 있지 않은가.

"네, 네."

하고 김 첨지는 또다시 달음질하였다. 집이 차차 멀어 갈수록 김 첨지의 걸음에는 다시금 신이 나기 시작하였다. 다리를 재게 놀려야만 쉴새없이 자기의 머리에 떠오르는 모든 근심과 걱정을 잊을 듯이.

 정거장까지 끌어다 주고 그 깜짝 놀란 1원 50전을 정말 제 손에 쥠에, 제 말마따나 10리나 되는 길을 비를 맞아 가며 질퍽거리고 온 생각은 아니하고, 거저나 얻은 듯이 고마웠다. 졸부나 된 듯이 기뻤다. 제 자식뻘밖에 안 되는 어린 손님에게 몇 번 허리를 굽히며,
 "안녕히 다녀옵시오."
라고 깍듯이 재우쳤다.
 그러나 빈 인력거를 털털거리며 이 우중에 돌아갈 일이 꿈 밖이었다. 노동을 하여 흐른 땀이 식어지자 굶주린 창자에서, 물 흐르는 옷에서 어슬어슬 한기가 솟아나기 비롯하매 1원 50전이란 돈이 얼마나 괜찮고 괴로운 것인 줄 절절히 느끼었다. 정거장을 떠나는 그의 발길은 힘 하나 없었다. 온몸이 옹송그려지며 당장 그 자리에 엎어져 못 일어날 것 같았다.
 "젠장맞을 것! 이 비를 맞으며 빈 인력거를 털털거리고 돌아를 간담. 이런 빌어먹을, 제 할미를 붙을 비가 왜 남의 상판을 딱딱 때려!"
 그는 몹시 홧증을 내며 누구에게 반항이나 하는 듯이 게걸렸다. 그럴 즈음에 그의 머리엔 또 새로운 광명이 비쳤나니 그것은 '이러구 갈 게 아니라 이 근처를 빙빙 돌며 차 오기를 기다리면 또 손님을 태우게 되는지도 몰라'란 생각이었다. 오늘 운

수가 괴상하게도 좋으니까 그런 요행이 또 한 번 없으리라고 누가 보증하랴. 꼬리를 굴리는 행운이 꼭 자기를 기다리고 있다고 내기를 해도 좋을 만한 믿음을 얻게 되었다. 그렇다고 정거장 인력거꾼의 등쌀이 무서우니 정거장 앞에 섰을 수는 없었다. 그래 그는 이전에도 여러 번 해본 일이라 바로 정거장 앞 전차 정류장에서 조금 떨어지게, 사람 다니는 길과 전찻길 틈에 인력거를 세워 놓고 자기는 그 근처를 빙빙 돌며 형세를 관망하기로 하였다. 얼마 만에 기차는 왔고 수십 명이나 되는 손이 정류장으로 쏟아져 나왔다. 그 중에서 손님을 물색하는 김 첨지의 눈에 양머리에 뒤축 높은 구두를 신고 '망토'까지 두른 기생 퇴물인 듯, 난봉* 여학생인 듯한 여편네의 모양이 띄었다. 그는 슬근슬근 그 여자의 곁으로 다가들었다.

"아씨, 인력거 아니 타시랍시오?"

그 여학생인지 뭔지가 한참은 매우 때깔을 빼며 입술을 꼭 다문 채 김 첨지를 거들떠보지도 않았다. 김 첨지는 구걸하는 거지나 무엇같이 연해 연방 그의 기색을 살피며,

"아씨, 정거장 애들보담 아주 싸게 모셔다 드리겠습니다. 댁이 어디신가요?"

하고 추근추근하게도 그 여자의 들고 있는 일본식 버들고리짝*에 제 손을 대었다.

"왜 이래, 남 귀찮게."

소리를 벽력같이 지르고는 돌아선다. 김 첨지는 어랍시요, 하고 물러섰다.

전차는 왔다. 김 첨지는 원망스럽게 전차 타는 이를 노리고 있었다. 그러나 그의 예감은 틀리지 않았다. 전차가 빡빡하게 사람을 싣고 움직이기 시작하였을 때 타고 남은 손이 하나 있었다. 굉장하게 큰 가방을 들고 있는 걸 보면 아마 붐비는 차 안에 짐이 크다 하여 차장에게 밀려 내려온 눈치였다. 김 첨지는 대어 섰다.

"인력거를 타시랍시오."

한동안 값으로 승강이를 하다가 60전에 인사동까지 태워다 주기로 하였다. 인력거가 무거워지매 그의 몸은 이상하게도 가벼워졌고 그리고 또 인력거가 가벼워지니 몸은 다시금 무거워졌건만 이번에는 마음조차 초조해 온다. 집의 광경이 자꾸 눈앞에 어른거리어 인제 요행을 바랄 여유도 없었다. 나무 등걸이나 무엇 같고 제 것 같지도 않은 다리를 연해 꾸짖으며 갈팡질팡 뛰는 수밖에 없었다. 저놈의 인력거꾼이 저렇게 술이 취해 가지고 이 진 땅에 어찌 가노, 라고 길 가는 사람이 걱정을 하리만큼 그의 걸음은 황급하였다. 흐리고 비 오는 하늘은 어둠침침하게 벌써 황혼에 가까운 듯하다. 창경원 앞까지 다다라서야 그는 턱

에 닿은 숨을 돌리고 걸음도 늦추잡았다. 한 걸음 두 걸음 집이 가까워올수록 그의 마음조차 괴상하게 누그러졌다. 그런데 이 누그러짐은 안심에서 오는 게 아니요, 자기를 덮친 무서운 불행을 빈틈없이 알게 될 때가 박두한 것을 두려워하는 마음에서 오는 것이다. 그는 불행에 다닥치기 전 시간을 얼마쯤이라도 늘리려고 버르적거렸다. 기적에 가까운 벌이를 하였다는 기쁨을 할 수 있으면 오래 지니고 싶었다. 그는 두리번두리번 사면을 살피었다. 그 모양은 마치 자기 집—곧 불행을 향하고 달려가는 제 다리를 제 힘으로는 도저히 어찌할 수 없으니 누구든지 나를 좀 잡아다고, 구해다고 하는 듯하였다.

그럴 즈음에 마침 길가 선술집에서 그의 친구 치삼이가 나온다. 그의 우글우글 살찐 얼굴에 주홍이 돋는 듯, 온 턱과 뺨을 시커멓게 구레나룻이 덮었거늘, 노르탱탱한 얼굴이 바짝 말라서 여기저기 고랑이 패고 수염도 있대야 턱밑에만 마치 솔잎 송이를 거꾸로 붙여 놓은 듯한 김 첨지의 풍채하고는 기이한 대상을 짓고 있었다.

"여보게 김 첨지, 자네 문안 들어갔다 오는 모양일세그려, 돈 많이 벌었을 테니 한잔 빨리게."

뚱뚱보는 말라깽이를 보던 맡에 부르짖었다. 그 목소리는 몸짓과 딴판으로 연하고 싹싹하였다. 김 첨지는 이 친구를 만난

게 어떻게 반가운지 몰랐다. 자기를 살려 준 은인이나 무엇같이 고맙기도 하였다.
"자네는 벌써 한잔 한 모양일세그려. 자네도 오늘 재미가 좋아 보이."
하고 김 첨지는 얼굴을 펴서 웃었다.
"아따, 재미 안 좋다고 술 못 먹을 낸가. 그런데 여보게, 자네 웬 몸이 어째 물독에 빠진 새앙쥐 같은가? 어서 이리 들어와 말리게."
선술집은 훈훈하고 뜨뜻하였다. 추어탕을 끓이는 솥뚜껑을 열 적마다 뭉게뭉게 떠오르는 흰 김, 석쇠에서 뻐지짓뻐지짓 구워지는 너비아니 구이*며 제육이며 간이며 콩팥이며 북어며 빈대떡…… 이 너저분하게 늘어놓인 안주 탁자에 김 첨지는 갑자기 속이 쓰려서 견딜 수 없었다. 마음대로 할 양이면 거기 있는 모든 먹음 먹이를 모조리 깡그리 집어삼켜도 시원치 않았다. 하되 배고픈 이는 우선 분량 많은 빈대떡 두 개를 쪼기로 하고 추어탕을 한 그릇 청하였다. 주린 창자는 음식맛을 보더니 더욱더욱 비어지며 자꾸자꾸 들이라 들이라 하였다. 순식간에 두부와 미꾸리 든 국 한 그릇을 그냥 물같이 들이켜고 말았다. 셋째 그릇을 받아들었을 때 데우던 막걸리 곱빼기 두 잔이 더웠다. 치삼이와 같이 마시자 원원이* 비었던 속이라 찌르르 하고 창자에

퍼지며 얼굴이 화끈하였다. 눌러 곱빼기 한 잔을 또 마셨다.
 김 첨지의 눈은 벌써 개개 풀리기 시작하였다. 석쇠에 얹힌 떡 두 개를 숭덩숭덩 썰어서 볼을 불룩거리며 또 곱빼기 두 잔을 부어라 하였다.
 치삼은 의아한 듯이 김 첨지를 보며,
 "여보게 또 붓다니, 벌써 우리가 넉 잔씩 먹었네. 돈이 40전일세."
하고 주의시켰다.
 "아따 이놈아, 40전이 그리 끔찍하냐? 오늘 내가 돈을 막 벌었어. 참 오늘 운수가 좋았느니."
 "그래 얼마를 벌었단 말인가?"
 "30원을 벌었어, 30원을! 이런 젠장맞을 술을 왜 안 부어…… 괜찮다 괜찮다, 막 먹어도 상관이 없어. 오늘 돈 산더미같이 벌었는데."
 "어, 이 사람 취했군, 그만두세."
 "이놈아, 이걸 먹고 취할 내냐, 어서 더 먹어."
하고는 치삼의 귀를 잡아채며 취한 이는 부르짖었다. 그리고 술을 붓는 열다섯 살 됨직한 중대가리에게로 달려들며,
 "이놈, 오라질 놈, 왜 술을 붓지 않어."
라고 야단을 쳤다. 중대가리는 희희 웃고 치삼을 보며 문의하는

듯이 눈짓을 하였다. 주정꾼이 이 눈치를 알아보고 화를 버럭 내며,

"에미를 붙을 이 오라질 놈들 같으니, 이놈 내가 돈이 없을 줄 알고."

하자마자 허리춤을 흠칫흠칫하더니 1원짜리 한 장을 꺼내어 중대가리 앞에 펄쩍 집어던졌다. 그 사품에 몇 푼 은전이 잘그랑하며 떨어진다.

"여보게, 돈 떨어졌네, 왜 돈을 막 끼얹나."

이런 말을 하며 일변 돈을 줍는다. 김 첨지는 취한 중에도 돈의 거처를 살피는 듯이 눈을 크게 떠서 땅을 내려다보다가 물시에 제 하는 짓이 너무 더럽다는 듯이 고개를 소스라치자 더욱 성을 내며,

"봐라, 봐! 이 더러운 놈들아, 내가 돈이 없나, 다리 뼉다구를 꺾어 놓을 놈들 같으니."

하고 치삼이 주워 주는 돈을 받아,

"이 원수엣 돈! 이 육시를 할 돈!"

하면서 팔매질을 친다. 벽에 맞아 떨어진 돈은 다시 술 끓이는 양푼에 떨어지며 정당한 매를 맞는다는 듯이 쨍하고 울었다.

곱빼기 두 잔은 또 부어질 겨를도 없이 말려 가고 말았다. 김 첨지는 입술과 수염에 붙은 술을 빨아들이고 나서 매우 만족한

듯이 그 솔잎 송이 수염을 쓰다듬으며,
"또 부어, 또 부어."
라고 외쳤다.

또 한 잔 먹고 나서 김 첨지는 치삼의 어깨를 치며 문득 껄껄 웃는다. 그 웃음소리가 어떻게 컸는지 술집에 있는 이의 눈은 모두 김 첨지에게로 몰리었다. 웃는 이는 더욱 웃으며,

"여보게 치삼이, 내 우스운 이야기 하나 할까? 오늘 손을 태우고 정거장에까지 가지 않았겠나."

"그래서."

"갔다가 그저 오기가 안됐데그려. 그래 전차 정류장에서 어름어름하며 손님 하나를 태울 궁리를 하지 않았나. 거기 마침 마나님이신지 여학생님이신지—요새야 어디 논다니와 아가씨를 구별할 수가 있던가— '망토'를 잡수시고 비를 맞고 서 있겠지. 슬근슬근 가까이 가서 인력거 타시랍시오 하고 손가방을 받으려니까 내 손을 탁 뿌리치고 홱 돌아서더니만 '왜 남을 이렇게 귀찮게 굴어!' 그 소리야말로 꾀꼬리 소리지, 허허!"

김 첨지는 교묘하게도 정말 꾀꼬리 같은 소리를 내었다. 모든 사람은 일시에 웃었다.

"빌어먹을 깍쟁이 같은 년, 누가 저를 어쩌나 '왜 남을 귀찮게 굴어!' 어이구 소리가 처신도 없지, 허허."

　웃음소리들은 높아졌다. 그러나 그 웃음소리들이 사라지기 전에 김 첨지는 훌쩍훌쩍 울기 시작하였다.
　치삼은 어이없이 주정뱅이를 바라보며,
"금방 웃고 지랄을 하더니 우는 건 또 무슨 일인가?"
　김 첨지는 연해 코를 들이마시며,
"우리 마누라가 죽었다네."
"뭐, 마누라가 죽다니, 언제?"
"이놈아 언제는. 오늘이지."
"예끼 미친놈, 거짓말 말아."
"거짓말은 왜, 참말로 죽었어, 참말로…… 마누라 시체를 집에 뻐들쳐 놓고 내가 술을 먹다니, 내가 죽일 놈이야, 죽일 놈이야."
하고 김 첨지는 엉엉 소리를 내어 운다.
　치삼은 흥이 조금 깨지는 얼굴로,
"원 이 사람이, 참말을 하나 거짓말을 하나. 그러면 집으로 가세, 가."
하고 우는 이의 팔을 잡아당기었다.
　치삼의 끄는 손을 뿌리치더니 김 첨지는 눈물이 글썽글썽한 눈으로 싱그레 웃는다.
"죽기는 누가 죽어."

하고 득의가 양양,
"죽기는 왜 죽어, 생때같이 살아만 있단다. 그 오라질 년이 밥을 죽이지. 인제 나한테 속았다."
하고 어린애 모양으로 손뼉을 치며 웃는다.
"이 사람이 정말 미쳤단 말인가. 나도 아주먼네가 앓는단 말은 들었었는데."
하고 치삼이도 어느 불안을 느끼는 듯이 김 첨지에게 또 돌아가라고 권하였다.
"안 죽었어, 안 죽었대도 그래."
 김 첨지는 화증을 내며 확신있게 소리를 질렀으되 그 소리엔 안 죽은 것을 믿으려고 애쓰는 가락이 있었다. 기어이 1원어치를 채워서 곱빼기 한 잔씩 더 먹고 나왔다. 궂은 비는 의연히 추척추적 내린다.
 김 첨지는 취중에도 설렁탕을 사가지고 집에 다다랐다. 집이라 해도 물론 셋집이요, 또 집 전체를 세든 게 아니라 안과 뚝 떨어진 행랑방 한 칸을 빌려 든 것인데 물을 길어대고 한 달에 1원씩 내는 터이다. 만일 김 첨지가 주기(酒氣)를 띠지 않았던들 한 발을 대문에 들여놓았을 때 그곳을 지배하는 무시무시한 정적—폭풍우가 지나간 뒤의 바다 같은 정적에 다리가 떨렸으리라. 쿨룩거리는 기침 소리도 들을 수 없다. 그르렁거리는 숨소

리조차 들을 수 없다. 다만 이 무덤 같은 침묵을 깨뜨리는―깨뜨린다느니보다 한층 더 침묵을 깊게 하고 불길하게 하는 빡빡 하는 그윽한 소리, 어린애의 젖 빠는 소리가 날 뿐이다. 만일 청각이 예민한 이 같으면 그 빡빡 소리는 빨 따름이요, 꿀떡꿀떡 하고 젖 넘어가는 소리가 없으니 빈 젖을 빤다는 것도 짐작할는지 모르리라.

혹은 김 첨지도 이 불길한 침묵을 짐작했는지도 모른다. 그렇지 않으면 대문에 들어서자마자 전에 없이,

"이 난장맞을 년, 남편이 들어오는데 나와 보지도 않아, 이 오라질 년."

이라고 고함을 친 게 수상하다. 이 고함이야말로 제 몸을 엄습해 오는 무시무시한 증을 쫓아 버리려는 허장성세(虛張聲勢)*인 까닭이다.

하여간 김 첨지는 방문을 왈칵 열었다. 구역을 나게 하는 추기*―떨어진 삿자리 밑에서 나온 먼지내, 빨지 않은 기저귀에서 나는 똥내와 오줌내, 가지각색 때가 켜켜이 앉은 옷내, 병인의 땀썩은 내가 섞인 추기가 무딘 김 첨지의 코를 찔렀다.

방 안에 들어서며 설렁탕을 한구석에 놓을 사이도 없이 주정꾼은 목청을 있는 대로 다 내어 호통을 쳤다.

"이런 오라질 년, 주야장천(晝夜長川)* 누워만 있으면 제일이

야! 남편이 와도 일어나지를 못해."
라는 소리와 함께 발길로 누운 이의 다리를 몹시 찼다. 그러나 발길에 채이는 건 사람의 살이 아니고 나무 등걸과 같은 느낌이 있었다. 이때에 빽빽 소리가 응아 소리로 변하였다. 개똥이가 물었던 젖을 빼어 놓고 운다. 운대도 온 얼굴을 찡그려 붙여서 운다는 표정을 할 뿐이다. 응아 소리도 입에서 나는 게 아니고 마치 뱃속에서 나는 듯하였다. 울다가 울다가 목도 잠겼고 또 울 기운조차 시진(嘶盡)한* 것 같다.

 발로 차도 그 보람이 없는 걸 보자 남편은 아내의 머리맡으로 달려들어 그야말로 까치집 같은 환자의 머리를 꺼들어 흔들며,
 "이년아, 말을 해, 말을! 입이 붙었어, 이 오라질 년!"
 "······."
 "으응, 이것 봐, 아무 말이 없네."
 "······."
 "이년아, 죽었단 말이냐, 왜 말이 없어."
 "······."
 "으응, 또 대답이 없네, 정말 죽었나버이."
 이러다가 누운 이의 흰 창을 덮은, 위로 치뜬 눈을 알아보자마자,
 "이 눈깔! 이 눈깔! 왜 나를 바라보지 못하고 천장만 보느냐,

응?"
하는 말끝엔 목이 메었다. 그러자 산 사람의 눈에서 떨어진 닭의 똥 같은 눈물이 죽은 이의 뻣뻣한 얼굴을 어룽어룽 적시었다. 문득 김 첨지는 미칠 듯이 제 얼굴을 죽은 이의 얼굴에 한데 비비대며 중얼거렸다.

"설렁탕을 사다 놓았는데 왜 먹지를 못하니, 왜 먹지를 못하니…… 괴상하게도 오늘은! 운수가 좋더니만……."

빈처

　　그의 사랑이야말로 이기적 사랑이 아니고 헌신적 사랑이었다. 이런 줄을 점점 깨닫게 될 때에 내 마음이 얼마나 행복스러웠으랴! 밤이 깊도록 다듬이를 하다가 그만 옷을 입은 채로 쓰러져 곤하게 자는 그의 파리한 얼굴을 들여다보며, "아아, 나에게 위안을 주고 원조를 주는 천사여!" 하고 감격이 극하여 눈물을 흘린 일도 있었다.

빈처

1

"그것이 어째 없을까?"

아내가 장문을 열고 무엇을 찾더니 입안말로 중얼거린다.

"무엇이 없어?"

나는 우두커니 책상머리에 앉아서 책장만 뒤적뒤적하다가 물어 보았다.

"모본단* 저고리가 하나 남았는데."

"……."

나는 그만 묵묵하였다.

아내가 그것을 찾아 무엇을 하려는 것을 앎이라. 오늘 밤에 옆집 할멈을 시켜 잡히려 하는 것이다.

이 2년 동안에 돈 한푼 나는 데 없고 그대로 주리면 시장할 줄 알아 기구(器具)와 의복을 전당국* 창고(典當局 倉庫)에 들여밀거나 고물상 한구석에 세워 두고 돈을 얻어 오는 수밖에 없었다.

지금 아내가 하나 남은 모본단 저고리를 찾는 것도 아침거리를 장만하려 함이다. 나는 입맛을 쩍쩍 다시고 폈던 책을 덮으며 '후우' 한숨을 내쉬었다.

봄은 벌써 반이나 지났건마는 이슬을 실은 듯한 밤 기운이 방구석으로부터 슬금슬금 기어 나와 사람에게 안기고, 비가 오는

 까닭인지 밤은 아직 깊지 않건만 인적조차 끊어지고 온 천지가 비인 듯이 고요한데 투닥투닥 떨어지는 빗소리가 한없는 구슬픈 생각을 자아낸다.
 "빌어먹을 것 되는 대로 되어라."
 나는 점점 견딜 수 없어 두 손으로 흐트러진 머리카락을 쓰다듬어 올리며 중얼거려 보았다. 이 말이 더욱 처량한 생각을 일으킨다. 나는 또 한 번,
 "후……."
 한숨을 내쉬며 왼팔을 베고 책상에 쓰러지며 눈을 감았다.
 이 순간에 오늘 지낸 일이 불현듯 생각이 난다.

 늦게야 점심을 마치고 내가 막 궐련(卷煙)* 한 개를 피워 물 적에 한성은행 다니는 T가 공일*이라고 찾아왔다.
 친척은 다 멀지 않게 살아도 가난한 꼴을 보이기도 싫고 찾아갈 적마다 무엇을 꾸어내라고 조르지도 아니하였건만 행여나 무슨 구차한 소리를 할까 봐서 미리 방패막이를 하고 눈살을 찌푸리는 듯하여 나는 발을 끊고 따라서 찾아오는 이도 없었다.
 다만 이 T는 촌수가 가까운 까닭인지 자주 우리를 방문하였다. 그는 성실하고 공순하여 소소한 소사(小事)*에 슬퍼하고 기뻐하는 인물이었다.

동년배(同年輩)인 우리들은 늘 친척간에 비교거리가 되었었다. 그리고 나의 평판이 항상 좋지 못했다.

"T는 돈을 알고 위인이 진실해서 그 애는 돈푼이나 모을 것이야! 그러나 K(내 이름)는 아무짝에도 못 쓸 놈이야. 그 잘난 언문* 섞어서 무어라고 끄적거려 놓고 제 주제에 무슨 조선에 유명한 문학가가 된다니! 시러베아들놈*!"

이것이 그네들의 평판이었다.

내가 문학인지 무엇인지 하는 소리가 까닭없이 그네들의 비위에 틀린 것이다.

더군다나 나는 그네들의 생일이나 혹은 대사(大事) 때에 돈 한 푼 이렇다는 일이 없고, T는 소위 착실히 돈벌이를 해가지고 국수 밥소라*나 보조*를 하는 까닭이다.

"얼마 아니 되어 T는 잘 살 것이고 K는 거지가 될 것이니 두고 보아!"

오촌* 당숙*은 이런 말씀까지 하였다고 한다.

입 밖에는 아니 내어도 친부모 친형제까지라도 심중(心中)으로는 다 이렇게 생각할 것이다.

그래도 부모는 달라서 화가 나시면,

"네가 그리하다가는 말경(末境)*에 비렁뱅이*가 되고 말 것이야."

라고 꾸중은 하셔도,

"사람이란 늦복(福) 모르느니라."

"그런 사람은 또 그렇게 되느니라."

하시는 것이 스스로 위로하는 말씀이고 또 며느리를 위로하는 말씀이었다.

이것을 보아도 하는 수 없는 놈이라고 단념(斷念)을 하시면서 그래도 잘 되기를 바라시고 축원하시는 것을 알겠더라.

여하간 이만하면 T의 사람됨을 가히 알 수가 있다.

그리고 그가 우리 집에 올 것 같으면 지어서 쾌활하게 웃으며 힘써 재미스러운 이야기를 하였다.

단둘이 고적하게 그날그날을 보내는 우리에게는 더할 수 없이 반가웠었다.

오늘도 그가 활발하게 집에 쑥 들어오더니 신문지에 싼 기름한 것을 '이것 봐라' 하는 듯이 마루 위에 올려놓고 분주히 구두끈을 끄른다.

"이것은 무엇인가?"

나는 물어 보았다.

"저어, 제 처의 양산이에요. 쓰던 것이 벌써 낡았고 또 살이 부러졌다나요."

그는 구두를 벗고 마루에 올라서며 나오는 웃음을 참지 못하

여 벙글벙글하면서 대답을 한다.
 그는 나의 아내를 돌아보며 돌연히,
 "아주머니, 좀 구경하시렵니까?"
하더니 싼 종이와 집을 벗기고 양산을 펴 보인다.
 흰 비단 바탕에 두어 가지 매화를 수놓은 양산이었다.
 "검정이는 좋은 것이 많아도 너무 칙칙해 보이고……. 회색이나 누렁이는 하나도 그것이야 싶은 것이 없어서 이것을 산 걸요."
 그는 '이것보다도 더 좋은 것을 살 수가 있다' 하는 뜻을 보이려고 애를 쓰며 이런 발명*까지 한다.
 "이것도 퍽 좋은데요."
 이런 칭찬을 하면서 양산을 펴들고 이리저리 홀린 듯이 들여다보고 있는 아내의 눈에는,
 '나도 이런 것을 하나 가졌으면…….'
하는 생각이 역력히 보인다.
 나는 갑자기 불쾌한 생각이 와락 일어나서, 방으로 들어오며 아내의 양산 보는 양을 빙그레 웃고 바라보고 있는 T에게,
 "여보게, 방에 들어오게그려. 우리 이야기나 하세."
 T는 따라 들어와 물가 폭등에 대한 이야기며, 자기의 월급이 오른 이야기며, 주권(株券)*을 몇 주 사두었더니 꽤 이익이 남았

다든가, 각 은행 사무원 경기회에서 자기가 우월한 성적을 얻었다든가, 이런 것 저런 것 한참 이야기하다가 돌아갔었다.

T를 보내고 책상을 향하여 짓던 소설의 결미(結尾)를 생각하고 있을 즈음에,

"여보!"

아내의 떠는 목소리가 바로 내 귀 곁에서 들린다.

핏기 없는 얼굴에 살짝 붉은빛이 돌며 어느 결에 내 곁에 바짝 다가앉았더라.

"당신도 살 도리를 좀 하세요."

"······."

나는 또 '시작하는구나' 하는 생각이 번개같이 머리에 번쩍이며 불쾌한 생각이 벌컥 일어난다.

그러나 무어라고 대답할 말이 없어 묵묵히 있었다.

"우리도 남과 같이 살아 보아야지요."

아내가 T의 양산에 단단히 자극을 받은 것이다.

예술가의 처 노릇을 하려는 독특한 결심이 있는 그는 좀처럼 이런 소리를 입 밖에 내지 아니하였다.

그러나 무엇에 상당한 자극만 받으면 참고 참았던 이런 소리를 하게 되는 것이다.

나도 이런 소리를 들을 적마다 '그럴 만도 하다'는 동정심이

없지 아니하나 심사가 어쩐지 좋지 못하였다.
 이번에도 '그럴 만도 하다'는 동정심이 없지 아니하되 또한 불쾌한 생각을 억제키 어려웠다.
 잠깐 있다가 불쾌한 빛을 나타내며,
 "급작스럽게 살 도리를 하라면 어찌할 수가 있소. 차차 될 때가 있겠지!"
 "아이구, 차차란 말씀 그만두구려, 어느 천년에."
 아내의 얼굴에 붉은빛이 짙어지며 전에 없던 흥분한 어조로 이런 말까지 하였다.
 자세히 보니 두 눈에 은은히 눈물이 고이었더라.
 나는 잠시 멍멍하게 있었다.
 성낸 불길이 치받쳐 올라온다.
 나는 참을 수 없었다.
 "막벌이꾼한테 시집을 갈 것이지, 누가 내게 시집을 오랬소! 저 따위가 예술가의 처가 다 뭐야!"
 사나운 어조로 몰풍스럽게* 소리를 꽥 질렀다.
 "에그!"
 살짝 얼굴빛이 변해지며 어이없이 나를 보더니 고개가 점점 수그러지며 한 방울 두 방울 방울방울 눈물이 장판 위에 떨어진다.

나는 이런 일을 가슴에 그리며 그래도 내일 아침거리를 장만하려고 옷을 찾는 아내의 심중을 생각해 보니 말할 수 없는 슬픈 생각이 가을바람과 같이 설렁설렁 심골(心骨)*을 분지르는 것 같다.

쓸쓸한 빗소리는 굵었다 가늘었다 의연(依然)히 적적한 밤 공기에 더욱 처량히 들리고 그을음 앉은 등피(燈皮)* 속에서 비치는 불빛은 구름에 가린 달빛처럼 우는 듯 조는 듯, 구차히 얻어산 몇 권 양책의 표제(表題) 금자(金字)가 번쩍거린다.

2

장 앞에 초연히* 서 있던 아내가 무엇이 생각났는지 고개를 끄덕끄덕하며 들릴 듯 말 듯 목 안의 소리로,

"오호…… 옳지, 참 그날……."

"찾았소?"

"아니에요, 벌써…… 저 인천(仁川) 사시는 형님이 오셨던 날……."

아내가 애써 찾던 그것도 벌써 전당포의 고운 먼지가 앉았구나! 종지 하나라도 차근차근 아랑곳하는 아내가 그것을 잡혔는

지 안 잡혔는지 모르는 것을 보면 빈곤이 얼마나 그의 정신을 물어뜯었는지 가히 알겠다.

"......"

"......"

한참 동안 서로 아무 말이 없었다.

가슴이 어째 답답해지며 누구하고 싸움이나 좀 해보았으면, 소리껏 고함이나 질러 보았으면, 실컷 맞아 보았으면 하는 일종 이상한 감정이 부글부글 피어 오르며 전신에 이(蝨)가 스멀스멀 기어다니는 듯 옷이 어째 몸에 끼이며 견딜 수가 없다.

나는 이런 감정을 노골적으로 드러내며,

"점점 구차한 살림이 싫증이 나서 못 견디겠지?"

아내는 무엇을 생각하는지 모르게 정신을 잃고 섰다가 그 거슴츠레한 눈이 둥그레지며,

"네에? 어째서요?"

"무얼, 그렇지."

"싫은 생각은 조금도 없어요."

이렇게 말이 오락가락함을 따라 나는 흥분의 도(度)가 점점 짙어 간다.

그래서 아내가 떨리는 소리로,

"어째 그런 줄 아세요?"

하고 반문할 적에,
 "나를 숙맥으로 알우?"
라고 격렬하게 소리를 높였다.
 아내는 살짝 분한 빛이 눈에 비치어 물끄러미 나를 들여다본다.
 나는 괘씸하다는 듯이 흘겨보며,
 "그러면 그것 모를까! 오늘까지 잘 참아 오더니 인제는 점점 기색이 달라지는걸 뭐! 물론 그럴 만도 하지마는!"
 이런 말을 하는 내 가슴에는 지난 일이 활동사진 모양으로 얼른얼른 나타난다.
 6년 전에(그때 나는 16세이고 저는 18세였다) 우리가 결혼한 지 얼마 아니 되어 지식에 목마른 나는 지식의 바닷물을 얻어 마시려고 표연히 집을 떠났었다.
 광풍(狂風)에 나부끼는 버들잎 모양으로 오늘은 지나(支那),* 내일은 일본으로 굴러다니다가 금전의 탓으로 지식의 바닷물도 흠씬 마셔 보지도 못하고 반거들충이가 되어 집에 돌아오고 말았다.
 그가 시집 올 때에는 방글방글 피려는 꽃봉오리 같던 아내가 어느 겨를에 기울어 가는 꽃처럼 두 뺨에 선연(鮮姸)한 빛이 스러지고 벌써 두어 금 가는 줄이 그리어졌다.

처가 덕으로 집간도 장만하고 세간도 얻어 우리는 소위 살림을 하게 되었다.

처음에는 그러저럭 지냈지마는 한푼 나는 데 없는 살림이라 한 달 가고 두 달 갈수록 점점 곤란해질 따름이었다.

나는 보수(報酬) 없는 독서와 가치 없는 창작(創作)으로 해가 지며, 날이 새며 쌀이 있는지 나무가 있는지 망연케 몰랐다.

그래도 때때로 맛있는 반찬이 상에 오르고 입은 옷이 과히 추하지 아니함은 전혀 아내의 힘이었다.

전들 무슨 벌이가 있으리요, 부끄러움을 무릅쓰고 친가에 가서 눈치를 보아 가며, 구차한 소리를 하여 가지고 얻어 온 것이었다.

그것도 한두 번 말이지 장구한 세월에 어찌 늘 그럴 수가 있으랴! 말경(末境)에는 아내가 가져온 세간과 의복에 손을 대는 수밖에 없었다.

잡히고 파는 것도 나는 알은 체도 아니하였다.

그가 애를 쓰며 퉁명스러운 옆집 할멈에게 돈 푼을 주고 시켰었다.

이런 고생을 하면서도 그는 나의 성공만 마음속으로 깊이깊이 믿고 빌었었다.

어느 때에는 내가 무엇을 짓다가 마음에 맞지 아니하여 쓰던

것을 집어던지고 화를 낼 적에,

"왜 마음을 조급하게 잡수세요! 저는 꼭 당신의 이름이 세상에 빛날 날이 있을 줄 믿어요. 우리가 이렇게 고생을 하는 것이 장차 잘 될 근본이에요."

하고 그는 스스로 흥분되어 눈물을 흘리며 나를 위로한 적도 있었다.

내가 외국으로 다닐 때에 소위 신풍조(新風潮)에 띠어 까닭 없이 구식 여자가 싫어졌다.

그래서 나는 일찍이 장가든 것을 매우 후회하였다.

어떤 남학생과 어떤 여학생이 서로 연애를 주고받고 한다는 이야기를 들을 적마다 공연히 가슴이 뛰놀며 부럽기도 하고 비감스럽기도 하였다.

그러나 낮살이 들어갈수록 그런 생각도 없어지고 집에 돌아와 아내를 겪어 보니 의외에 그에게 따뜻한 맛과 순결한 맛을 발견하였다.

그의 사랑이야말로 이기적 사랑이 아니고 헌신적 사랑이었다.

이런 줄을 점점 깨닫게 될 때에 내 마음이 얼마나 행복스러웠으랴! 밤이 깊도록 다듬이를 하다가 그만 옷을 입은 채로 쓰러져 곤하게 자는 그의 파리한 얼굴을 들여다보며,

"아아, 나에게 위안을 주고 원조를 주는 천사여!"

하고 감격이 극하여 눈물을 흘린 일도 있었다.

내가 알다시피 내가 별로 천품*은 없으나 어쨌든 무슨 저작가(著作家)로 몸을 세워 보았으면 하여 나날이 창작과 독서에 전심력을 바쳤다. 물론 아직 남에게 인정될 가치는 없는 것이다.

그 영향으로 자연 일상 생활이 말유(末由)*하게 되었다.

이런 곤란에 그는 근 2년 견디어 왔건만 나의 하는 일은 오히려 아무 보람이 없고 방 안에 놓였던 세간이 줄어지고 장롱에 찼던 옷이 거의 다 없어졌을 뿐이다.

그 결과 그다지 견딜성 있던 그도 요사이 와서는 때때로 쓸데없는 탄식을 하게 되었다.

손잡이를 잡고 마루 끝에 우두커니 서서 하염없이 먼 산만 바라보기도 하며, 바느질을 하다 말고 실신한 사람 모양으로 멍멍히 앉았기도 하였다.

창경(窓鏡)*으로 비치는 어스름한 햇빛에 나는 흔히 그의 눈물 머금은 근심 있는 눈을 발견하였다.

이럴 때에는 말할 수 없는 쓸쓸한 생각이 들며 일없이,

"마누라!"

하고 부르면 그는 몸을 움찔하고 고개를 저리 돌리어 치맛자락으로 눈물을 씻으며,

"네에?"

하고 울음에 떨리는 가는 대답을 한다. 나는 등에 물을 끼얹는 듯 몸이 으쓱해지며 처량한 생각이 싸늘하게 가슴에 흘렀다.
　그러지 않아도 자비(自卑)하기 쉬운 마음이 더욱 심해지며,
　'내가 무자격한 탓이다.'
하고 스스로 멸시를 하고 나니 더욱 견딜 수 없다.
　'그럴 만도 하다.'
는 동정심이 없지 아니하되 그래도 그만 불쾌한 생각이 일어나면,
　"계집이란 할 수 없어."
　혼자 이런 불평을 중얼거리었다.
　환등(幻燈) 모양으로 하나씩 둘씩 이런 일이 가슴에 나타나니 무어라고 말할 용기조차 없어졌다.
　나의 유일의 신앙자이고 위로자이던 저까지 인제는 나를 아니 믿게 되었다.
　그는 마음속으로,
　'네가 6년 동안 내 살을 깎고 저미었구나! 이 원수야.'
할 것이다.
　이렇게 생각하매 그의 불 같던 사랑까지 없어져 가는 것 같았다.
　아니 흔적도 없이 사라지고 만 것 같았다.

나는 감상적으로 허둥허둥하며,
"낸들 마누라 고생시키고 싶어 시켰겠소! 비단옷도 해주고 싶고 좋은 양산도 사주고 싶어요! 그러길래 온종일 쉬지 않고 공부를 아니하우. 남 보기에는 편편이 노는 것 같애도 실상은 그렇지 않아! 본들 모른단 말이오."
나는 점점 강한 가면(假面)을 벗고 약한 진상(眞相)을 드러내며 이와 같은 가소로운 변명까지 하였다.
"온 세상 사람이 다 나를 비소(誹笑)하고 모욕하여도 상관이 없지만 마누라까지 나를 아니 믿어 주면 어찌한단 말이오."
내 말에 스스로 자극이 되어 가지고 마침내,
"아아!"
길이 탄식을 하고 그만 쓰러졌다.
이 순간에 고개를 숙이고 아마 하염없이 입술만 물어뜯고 있던 아내가 홀연,
"여보!"
울음소리를 떨면서 무너지는 듯이 내 얼굴에 쓰러진다.
"용서……."
하고는 북받쳐 나오는 울음에 말이 막히고 불덩이 같은 두 뺨이 내 얼굴을 누르며 흑흑 느끼어 운다.
그의 두 눈으로부터 샘솟듯 하는 눈물이 제 뺨과 내 뺨 사이를

따뜻하게 젖어 퍼진다.

내 눈에서도 눈물이 흘러내린다.

뒤숭숭하던 생각이 다 이 뜨거운 눈물에 봄눈 슬 듯 스러지고 말았다.

한참 있다가 우리는 눈물을 씻었다.

내 속이 얼마큼 시원한지 몰랐다.

"용서하여 주세요! 그렇게 생각하실 줄은 참 몰랐어요."

이런 말을 하는 아내는 눈물에 부어 오른 눈꺼풀을 아픈 듯이 꿈적거린다.

"암만 구차하기로니 싫증이야 날까요! 나는 한번 먹은 맘이 있는데."

가만가만히 변명(辨明)을 하는 아내의 눈물 흔적이 어룽어룽한 얼굴을 물끄러미 바라보며 겨우 심신이 가뜬하였다.*

3

어제 일로 심신이 피곤하였던지 그 이튿날 늦게야 잠을 깨니 간밤에 오던 비는 어느 결에 그치었고 명랑한 햇발이 미닫이에 높았더라.

　아내가 다시금 장문을 열고 잡힐 것을 찾을 즈음에 누가 중문을 열고 들어온다.
　우리는 누군가 하고 귀를 기울일 적에 밖에서,
　"아씨!"
하는 소리가 들렸다.
　아내는 급히 방문을 열고 나갔다.
　그는 처가에서 부리는 할멈이었다.
　오늘이 장인 생신이라고 어서 오라는 말을 전한다.
　"오늘이야? 참 옳지, 오늘이 이월 열엿샛날이지, 나는 깜빡 잊었어!"
　"원 아씨도 딱도 하십니다. 어쩌면 아버님 생신을 잊는단 말씀이에요. 아무리 살림이 재미가 나시더래도!"
　시큰둥한 할멈은 선웃음을 쳐가며 이런 소리를 한다.
　가난한 살림에 골몰하느라고 자기 친부(親父)의 생신까지 잊었는가 하매 아내의 정지(情地)*가 더욱 측은하였다.
　"오늘이 본가 아버님 생신이래요. 어서 오시라는데……."
　"어서 가구려……."
　"당신도 가셔야지요. 우리 같이 가세요."
하고 아내는 하염없이 얼굴을 붉힌다.
　나는 처가에 가기가 매우 싫었었다. 그러나 아니 가는 것도 내

도리가 아닐 듯하여 하는 수 없이 두루마기를 입었다.
 아내는 머뭇머뭇하며 양미간을 보일 듯 말 듯 찡그리다가 곁눈으로 살짝 나를 엿보더니 돌아서서 급히 장문을 연다.
 흥, 입을 옷이 없어서 망설거리는구나. 나도 슬쩍 돌아서며 생각하였다.
 우리는 서로 등지고 섰건만 그래도 아내가 거의 다 빈 장 안을 들여다보며 입을 만한 옷이 없어서 눈살을 찌푸린 양이 눈앞에 선연함을 어찌할 수가 없었다.
 "자아, 가세요."
 무엇을 생각하는지 모르게 정신을 잃고 섰다가 아내의 부르는 소리를 듣고 나는 기계적으로 고개를 돌리었다.
 아내는 당목옷으로 갈아 입고 내 마음을 알았던지 나를 위로하는 듯이 방그레 웃는다.
 나는 더욱 쓸쓸하였다.
 우리 집은 천변* 배다리* 곁이었고 처가는 안국동에 있어 그 거리가 꽤 멀었다.
 나는 천천히 가노라 하고 아내는 속히 오느라고 오건마는 그는 늘 뒤떨어졌다.
 내가 한참 가다가 뒤를 돌아다보면 그는 늘 멀리 떨어져 나를 따라오려고 애를 쓰며 주춤주춤 걸어온다.

　길가에 다니는 어느 여자를 보아도 거의 다 비단옷을 입고 고운 신을 신었는데 당목옷*을 허술하게 차리고 청록당혜*로 타박타박 걸어오는 양이 나에게 얼마나 애연(哀然)한 생각을 일으켰는지! 한참만에 나는 넓고 높은 처갓집 대문에 다다랐다.
　내가 안으로 들어갈 적에 낯선 사람들이 나를 흘끔흘끔 본다.
　그들의 눈에,
　'이 사람이 누구인가. 아마 이 집 하인인가 보다.'
하는 경멸히 여기는 빛이 있는 것 같았다.
　안 대청 가까이 들어오니 모두 내게 분분히 인사를 한다.
　그 인사하는 소리가 내 귀에는 어째 비소하는 것 같기도 하고 모욕하는 것 같기도 하여 공연히 가슴이 두근거리고 얼굴이 후끈거린다.
　그 중에 제일 내게 친숙하게 인사하는 사람이 있다.
　그는 아내보다 3년 맏인 처형*이었다.
　내가 어려서 장가를 들었으므로 그때 그에게 나는 못 견디게 시달렸다.
　그때는 그게 싫기도 하고 밉기도 하더니 지금 와서는 그때 그러한 것이 도리어 우리를 무관하게 정답게 만들었다.
　그는 인천 사는데 자기 남편이 기미(期米)*를 하여 가지고 이번에 돈 10만 원이나 착실히 땄다 한다.

　그는 자기의 잘 사는 것을 자랑하고자 함인지 비단을 내리감고 얼굴에 부유한 태(態)가 질질 흐른다.
　그러나 분(粉)으로 숨기려고 애쓴 보람도 없이 눈 위에 퍼렇게 멍든 것이 내 눈에 띄었다.
　"왜 마누라는 어쩌고 혼자 오세요?"
　그는 웃으며 이런 말을 하다가 중문 편을 바라보더니,
　"그러면 그렇지! 동부인 아니하고 오실라구."
　혼자 주고받고 한다.
　나도 이 말을 듣고 슬쩍 돌아다보니 아내가 벌써 중문 앞에 들어섰다.
　그 수척한 얼굴이 더욱 수척해 보이며 눈물 고인 듯한 눈이 하염없이 웃는다.
　나는 유심히 그와 아내를 번갈아 보았다.
　처음 보는 사람은 분간을 못하리만큼 그들의 얼굴은 혹사(酷似)하다.
　그런데 얼굴빛이 어쩌면 저렇게 틀리는지!
　하나는 이글이글 만발한 꽃 같고 하나는 시들마른* 낙엽 같다.
　아내를 형이라고, 처형을 아우라 하였으면 아무라도 속을 것이다.

　또 한 번 아내를 보며 말할 수 없는 쓸쓸한 생각이 다시금 가슴을 누른다.
　딴 음식은 별로 먹지도 아니하고 못 먹는 술을 넉 잔이나 마시었다.
　그래도 바늘방석에 앉은 것처럼 앉아 견딜 수가 없다.
　집에 가려고 나는 몸을 일으켰다.
　골치가 띵하며 내가 선 방바닥이 마치 폭풍에 도도하는 파도 같이 높았다 낮았다 어질어질해서 곧 쓰러질 것 같다.
　이 거동을 보고 장모가 황망히 일어서며,
　"술이 저렇게 취해 가지고 어데로 갈라구. 여기서 한잠 자고 가게."
　나는 손을 내저으며,
　"아니에요. 집에 가겠어요."
　취한 소리로 중얼거리었다.
　"저를 어쩌나!"
　장모는 걱정을 하시더니,
　"할멈, 어서 인력거* 한 채 불러 오게" 한다.
　취중에도 인력거를 태우지 말고 그 인력거 삯을 나를 주었으면 책 한 권을 사 보련만 하는 생각이 있었다.
　인력거를 타고 얼마 아니 가서 그만 잠이 들었다.

　한참 자다가 잠을 깨어 보니 방 안에 벌써 남폿불*이 켜 있었는데 아내는 어느 결에 왔는지 외로이 앉아 바느질을 하고 화로*에서는 무엇이 끓는 소리가 보글보글하였다.
　아내는 내가 잠 깬 것을 보더니 급히 화로에 얹힌 것을 만져 보며,
　"인제 그만 일어나 진지를 잡수세요."
하고 부리나케 일어나 아랫목에 파묻어 둔 밥그릇을 꺼내어 미리 차려 둔 상에 얹어서 내 앞에 갖다 놓고 일변 화로를 당기어 더운 반찬을 집어 얹으며,
　"자아, 어서 일어나세요" 한다.
　나는 마지못하여 하는 듯이 부시시 일어났다.
　머리가 오히려 아프며 목이 몹시 말라서 국과 물을 연해 들이켰다.
　"물만 잡수셔서 어째요. 진지를 좀 잡수셔야지."
　아내는 이런 근심을 하며 밥상머리에 앉아서 고기도 뜯어 주고 생선뼈도 추려 주었다.
　이것은 다 오늘 처가에서 가져온 것이다.
　나는 맛나게 밥 한 그릇을 다 먹었다.
　내 밥상이 나매 아내가 밥을 먹기 시작한다.
　그러면 지금껏 내 잠 깨기를 기다리고 밥을 먹지 아니하였구

나 하고 오늘 처가에서 본 일을 생각하였다.
　어제 일이 있은 후로 우리 사이에 무슨 벽이 생긴 듯하던 것이 그 벽이 점점 엷어져 가는 듯하며 가엾고 사랑스러운 생각이 일어났었다.
　그래서 우리는 정답게 이런 이야기 저런 이야기를 하게 되었다.
　우리의 이야기는 오늘 장인 생신 잔치로부터 처형 눈 위에 멍든 것에 옮겨 갔다.
　처형의 남편이 이번 그 돈을 딴 뒤로는 주야 요리점과 기생집에 돌아다니더니 일전에 어떤 기생을 얻어 가지고 미쳐 날뛰며 집에만 들면 집안 사람을 들볶고 걸핏하면 처형을 친다 한다.
　이번에도 별로 대단치 않은 일에 처형에게 밥상으로 냅다 갈겨 바로 눈 위에 그렇게 멍이 들었다 한다.
　"그것 보아, 돈 푼이나 있으면 다 그런 것이야."
　"정말 그래요. 없으면 없는 대로 살아도 의좋게 지내는 것이 행복이에요."
　아내는 충심으로 공명(共鳴)해 주었다.
　이 말을 들으매 내 마음은 말할 수 없이 만족해지면서 무슨 승리나 한 듯이 득의양양하였다.
　그리고 마음속으로,

'옳다, 그렇다. 이렇게 지내는 것이 행복이다' 하였다.

4

이틀 뒤 해 어스름에 처형은 우리 집에 놀러 왔었다.
마침 내가 정신없이 무엇을 생각하고 있을 즈음에 쓸쓸하게 닫혀 있는 중문이 찌긋둥하며 비단옷 소리가 사오락사오락 들리더니 아랫목은 내게 빼앗기고 윗목에서 바느질을 하고 있던 아내가 문을 열고 나간다.
"아이고 형님 오세요."
아내의 인사하는 소리가 들리더니 처형이 계집 하인에게 무엇을 들리고 들어온다.
나도 반갑게 인사를 하였다.
"그날 매우 욕을 보셨죠? 못 잡숫는 술을 무슨 짝에 그렇게 잡수세요."
그는 이런 인사를 하다가 급작스럽게 계집 하인이 든 것을 빼앗더니 신문지로 싼 것을 끄집어내어 아내를 주며,
"내 신 사는데 네 신도 한 켤레 샀다. 그날 청록당혜를……."
말을 하려다 나를 곁눈으로 흘끗 보고 그만 입을 닫친다.

빈쳐 53

"그것을 왜 또 사셨어요."

해쓱한 얼굴에 꽃물을 들이며 아내가 치사*하는 것도 들은 체 만 체하고 처형은 또 이야기를 시작한다.

"올 적에 사랑양반*을 졸라서 돈 백 원을 얻었겠지. 그래서 오늘 종로에 나와서 옷감도 바꾸고 신도 사고……."

그는 자랑과 기쁨의 빛이 얼굴에 퍼지며 싼 보를 끌러,

"이런 것이야!"

하고 우리 앞에 펼쳐 놓는다.

자세히는 모르나 여하간 값 많은 품 좋은 비단인 듯하다.

무늬 없는 것, 무늬 있는 것, 회색, 초록색, 분홍색이 갖가지로 윤이 흐르며 색색이 빛이 나서 나는 한참 황홀하였다.

무슨 칭찬을 해야 되겠다 싶어서,

"참 좋은 것인데요."

이런 말을 하다가 나는 또 쓸쓸한 생각이 일어난다.

저것을 보는 아내의 심중이 어떠할까? 하는 의문이 문득 일어남이라.

"모다 좋은 것만 골라 샀습니다그려."

아내는 인사를 차리느라고 이런 칭찬은 하나마 별로 부러워하는 기색이 없다.

나는 적이 의외의 감(感)이 있었다.

　처형은 자기 남편의 흉을 보기 시작하였다.
　그 밉살스럽다는 둥 그 추근추근하다는 둥 말끝마다 자기 남편의 불미한 점을 들다가 문득 이야기를 끊고 일어선다.
　"왜 벌써 가시려고 하세요. 모처럼 오셨다가 반찬은 없어도 저녁이나 잡수세요."
하고 아내가 만류를 하니,
　"아니 곧 가야지. 오늘 저녁 차로 떠날 것이니까 가서 짐을 매어야지. 아직 차 시간이 멀었어? 아니 그래도 정거장에 일찍이 나가야지, 만일 기차를 놓치면 오죽 기다리실라구, 벌써 오늘 저녁 차로 간다고 편지까지 했는데……."
　재삼 만류함도 돌아보지 아니하고 그는 훌훌히 나간다.
　우리는 그를 보내고 방에 들어왔다.
　"그까짓 것이 기다리는데 그다지 급급히 갈 것이 무엇이야."
　아내는 하염없이 웃을 뿐이었다.
　"그래도 옷감 바꿀 돈을 주었으니 기다리는 것이 애처롭기는 하겠지."
　밉살스러우니, 추근추근하니 하여도 물질의 만족만 얻으면 그것으로 기뻐하고 위로하는 그의 생활이 참 가련하다 하였다.
　"참, 그런가 보아요."
　아내도 웃으며 내 말을 받는다.

　이때에 처형이 사준 신이 그의 눈에 띄었는지(혹은 나를 꺼려, 보고 싶은 것을 참았는지 모르나) 그것을 집어들고 조심조심 펴보려다가 말고 머뭇머뭇한다.
　그 속에 그를 해케 할 무슨 위험품이나 든 것같이.
　"어서 펴 보구려."
　아내는 이 말을 듣더니,
　'작히 좋으랴.'
하는 듯이 활발하게 싼 신문지를 헤친다.
　"퍽 이쁜걸요."
　그는 근일에 드문 기쁜 소리를 치며 방바닥 위에 사뿐 내려놓고 버선을 당기며 곱게 신어 본다.
　"어쩌면 이렇게 맞아요!"
　연해 연방 감사를 부르짖는 그의 얼굴에 흔연한 희색이 넘쳐 흐른다.
　"……."
　묵묵히 아내의 기뻐하는 양을 보고 있는 나는 또다시,
　'여자란 할 수 없어.'
하는 생각이 들며,
　'조심하였을 따름이다.'
하매 밤빛 같은 검은 그림자가 가슴을 어둡게 하였다.

  그러면 아까 처형의 옷감을 볼 적에도 물론 마음속으로는 부러워하였을 것이다.
  다만 표면에 드러내지 않았을 따름이다. 겨우,
  '어서 펴 보구려.'
하는 한마디에 가슴에 숨겼던 생각을 속임없이 나타내는구나, 하였다.
  내가 무엇을 생각하고 있는지 저는 모르고 새 신 신은 발을 조금 쳐들며,
  "신 모양이 어때요?"
  "매우 이뻐!"
  겉으로는 좋은 듯이 대답을 하였으나 마음은 쓸쓸하였다.
  내가 제게 신 한 켤레를 사주지 못하여 남에게 얻은 것으로 만족하고 기뻐하는 거다.
  웬일인지 이번에는 그만 불쾌한 생각이 일어나지 아니하였다.
  처형이 동서*를 밉다거니 무엇이니 하면서도 기차를 놓치면 남편이 기다릴까 염려하여 급히 가던 것이 생각난다.
  그것을 미루어 아내의 심사도 알 수가 있다.
  부득이한 경우라 하릴없이 정신적 행복에만 만족하려고 애를 쓰지마는 기실(其實) 부족한 것이다.
  다만 참을 따름이다.

그것은 내가 생각해야 된다.
 이런 생각을 하니 그날 아내에게 그런 말을 한 것이 후회가 났다.
 '어느 때라도 제 은공을 갚아 줄 날이 있겠지!'
 나는 마음을 좀 너그러이 먹고 이런 생각을 하며 아내를 보았다.
 "나도 어서 출세를 하여 비단신 한 켤레쯤은 사주게 되었으면 좋으련만……."
 아내가 이런 말을 듣기는 참 처음이다.
 "네에?"
 아내는 제 귀를 못 미더워하는 듯이 의아한 눈으로 나를 보더니 얼굴에 살짝 열기가 오르며,
 "얼마 안 되어 그렇게 될 것이에요!"
라고 힘있게 말하였다.
 "정말 그럴 것 같소?"
 나는 약간 흥분하여 반문하였다.
 "그러문요, 그렇고말고요."
 아직 아무도 인정해 주지 않은 무명작가인 나를 저 하나이 깊이깊이 인정해 준다.
 그러길래 그 강한 물질에 대한 본능적 요구도 참아 가며 오늘

날까지 몹시 눈살을 찌푸리지 아니하고 나를 도와준 것이다.
 '아 아, 나에게 위안을 주고 원조를 주는 천사여!'
 마음속으로 이렇게 부르짖으며 두 팔로 덥석 아내의 허리를 잡아 내 가슴에 바싹 안았다.
 그 다음 순간에는 뜨거운 두 입술이…….
 그의 눈에도 나의 눈에도 그렁그렁한 눈물이 물 끓듯 넘쳐 흐른다.

술 권하는 사회

■ 쓸쓸한 새벽 바람이 싸늘하게 가슴에 부딪친다. 그 부딪치는 서슬에 잠 못 자고 피곤한 몸이 부서질 듯이 지긋지긋하였다. 죽은 사람에게서뿐 볼 수 있는 해쓱한 얼굴이 경련적으로 떨며 절망한 어조로 소곤거렸다.
"그 몹쓸 사회가, 왜 술을 권하는고!"

술 권하는 사회

"아이그, 아야."

홀로 바느질을 하고 있던 아내는 얼굴을 살짝 찌푸리고 가늘고 날카로운 소리로 부르짖었다. 바늘 끝이 왼손 엄지손가락 손톱 밑을 찔렀음이다. 그 손가락은 가늘게 떨고 하얀 손톱 밑으로 앵두(櫻桃)빛 같은 피가 비친다. 그것을 볼 사이도 없이 아내는 얼른 바늘을 빼고 다른 손 엄지손가락으로 그 상처를 누르고 있다. 그러면서 하던 일가지를 팔꿈치로 고이고이 밀어 내려놓았다. 이윽고 눌렀던 손을 떼어 보았다. 그 언저리는 인제 다시 피가 아니 나려는 것처럼 혈색(血色)이 없다. 하더니, 그 희던 껍풀 밑에 다시금 꽃물이 차츰차츰 밀려온다. 보일 듯 말 듯한 그 상처로부터 솝쌀 난 같은 핏방울이 송송 솟는다. 또 아니 누를 수 없다. 이만하면 그 구멍이 아물었으려니 하고 손을 떼면 또 얼마 아니 되어 피가 비치어 나온다.

인제 헝겊 오락지*로 처매는 수밖에 없다. 그 상처를 누른 채 그는 바느질고리에 눈을 주었다. 거기 쓸 만한 오락지는 실패 밑에 있다. 그 실패를 밀어내고 그 오락지를 두 새끼손가락 사이에 집어 올리려고 한동안 애를 썼다. 그 오락지는 마치 풀로 붙여 둔 것같이 고리 밑에 착 달라붙어 세상 집혀지지 않는다. 그 두 손가락은 헛되이 그 오락지 위를 긁적거리고 있을 뿐이다.

"왜 집혀지지를 않아!"

그는 마침내 울 듯이 부르짖었다. 그리고 그것을 집어 줄 사람이 없나 하는 듯이 방 안을 둘러보았다. 방 안은 텅 비어 있다. 어느 뉘 하나 없다. 호젓한 허영(虛影)만 그를 휩싸고 있다. 바깥도 죽은 듯이 고요하다. 시시로 풍풍 하고 떨어지는 수도의 물방울 소리가 쓸쓸하게 들릴 뿐. 문득 전등불이 광채를 더하는 듯하였다. 벽상(壁上)에 걸린 괘종(掛鐘)의 거울이 번들하며, 새로 한 점을 가리키려는 시침(時針)이 위협하는 듯이 그의 눈을 쏜다. 그의 남편은 그때껏 돌아오지 않았다.

아내가 되고 남편이 된 지는 벌써 오랜 일이다. 어느덧 7, 8년이 지났으리라. 하건만 같이 있어 본 날을 헤아리면 단 1년이 될락말락한다. 막 그의 남편이 서울서 중학을 마쳤을 때 그와 결혼하였고, 그러자마자 고만 동경(東京)에 부급(負笈)*한 까닭이다. 거기서 대학까지 졸업을 하였다. 이 길고 긴 세월에 아내는 얼마나 괴로웠으며 외로웠으랴! 봄이면 봄, 겨울이면 겨울, 웃는 꽃을 한숨으로 맞았고 얼음 같은 베개를 뜨거운 눈물로 덥히었다. 몸이 아플 때, 마음이 쓸쓸할 때, 얼마나 그가 그리웠으랴! 하건만 아내는 이 모든 고생을 이를 악물고 참았었다. 참을 뿐이 아니라 달게 받았었다. 그것은 남편이 돌아오기만 하면! 하는 생각이 그에게 위로를 주고 용기를 준 까닭이었다. 남편이

 동경에서 무엇을 하고 있나? 공부를 하고 있다. 공부가 무엇인가? 자세히 모른다. 또 알려고 애쓸 필요도 없다. 어찌하였든지 이 세상에 제일 좋고 제일 귀한 무엇이라 한다. 마치 옛날 이야기에 있는 도깨비의 부자 방망이 같은 것이거니 한다. 옷 나오라면 옷 나오고, 밥 나오라면 밥 나오고, 돈 나오라면 돈 나오고…… 저 하고 싶은 무엇이든지 청해서 아니 되는 것이 없는 무엇을, 동경에서 얻어 가지고 나오려니 하였었다. 가끔 놀러 오는 친척들이 비단옷 입은 것과 금지환(金指環)* 낀 것을 볼 때에 그 당장엔 마음 그윽히 부러워도 하였지만 나중엔 '남편만 돌아오면……' 하고 그것에 경멸하는 시선을 던지었다.
 남편이 돌아왔다. 한 날이 지나가고 두 달이 지나간다. 남편의 하는 행동이 자기의 기대하던 바와 조금 배치(背馳)되는* 듯하였다. 공부 아니한 사람보다 조금도 다른 것이 없었다. 아니다. 다르다면 다른 점도 있다. 남은 돈벌이를 하는데 그의 남편은 도리어 집안 돈을 쓴다. 그러면서도 어디인지 분주히 돌아다닌다. 집에 들면 정신없이 무슨 책을 보기도 하고 또는 밤새도록 무엇을 쓰기도 하였다.
 '저러는 것이 참말 부자 방망이를 맨드는 것인가 보다.'
 아내는 스스로 이렇게 해석한다.
 또 두어 달 지나갔다. 남편의 하는 일은 늘 한모양이었다. 한

가지 더한 것은 때때로 깊은 한숨을 쉬는 것뿐이었다. 그리고 무슨 근심이 있는 듯이 얼굴을 펴지 않았다. 몸은 나날이 축이 나 간다.

'무슨 걱정이 있는고?'

아내는 따라서 근심을 하게 되었다. 하고는 그 여윈 것을 보충하려고 갖가지로 애를 썼다. 곧 될 수 있는 대로 그의 밥상에 맛난 반찬가지를 붙게 하며 또 고음 같은 것도 만들었다. 그런 보람도 없이 남편은 입맛이 없다 하며 그것을 잘 먹지도 않았었다.

또 몇 달이 지나갔다. 인제 출입을 뚝 끊고 늘 집에 붙어 있다. 걸핏하면 성을 낸다. 입버릇 모양으로 화난다, 화난다 하였다.

어느 날 새벽, 아내가 어렴풋이 잠을 깨어, 남편의 누웠던 자리를 더듬어 보았다. 쥐이는 것은 이불자락뿐이다. 잠결에도 조금 실망을 아니 느낄 수 없었다. 잃은 것을 찾으려는 것처럼, 눈을 부시시 떴다. 책상 위에 머리를 쓰러뜨리고 두 손으로 그것을 움켜쥐고 있는 남편을 보았다. 흐릿한 의식이 돌아옴에 따라, 남편의 어깨가 덜석덜석 움직임도 깨달았다. 흑흑 느끼는 소리가 귀를 울린다. 아내는 정신을 바짝 차리었다. 불현듯이 몸을 일으켰다. 이윽고 아내의 손은 가볍게 남편의 등을 흔들며 목에 걸리고 나오지 않는 소리로,

"왜 이러고 계세요?"

라고 물어 보았다.
 "……."
 남편은 아무 대답이 없다. 아내는 손으로 남편의 얼굴을 괴어들려고 할 즈음에, 그것이 뜨뜻하게 눈물에 젖은 것을 깨달았다.
 또 한 두어 달 지나갔다. 처음처럼 다시 출입이 자유로웠다. 구역*이 날 듯한 술냄새가 밤늦게 돌아오는 남편의 입에서 나게 되었다. 그것은 요사이 일이다. 오늘 밤에도 지금까지 돌아오지 않았다. 초저녁부터 아내는 별별 생각을 다하면서 남편을 고대고대하고 있었다. 지리한 시간을 속히 보내려고 치웠던 일가지를 또 꺼내었다. 그것조차 뜻같이 아니 되었다. 때때로 바늘이 헛되이 움직이었다. 마침내 그것에 찔리고 말았다.
 "어데를 가서 이때껏 오시지 않아!"
 아내는 이제 아픈 것도 잊어버리고 짜증을 내었다. 잠깐 그를 떠났던 공상과 환영이 다시금 그의 머리에 떠돌기 시작하였다. 이상한 꽃을 수놓은, 흰 보(褓) 위에 맛난 요리를 담은 접시가 번쩍인다. 여러 친구와 술을 권커니 자커니 하는 광경이 보인다. 그의 남편은 미친 듯이 껄껄 웃는다. 나중에는 검은 휘장이 스르르 하는 듯이 그 모든 것이 사라져 버리더니 낭자(狼藉)*한 요리상만이 보이기도 하고 술병만 희게 빛나기도 하고, 아까 그

기생이 한 팔로 땅을 짚고 진저리를 쳐가며 웃는 꼴이 보이기도 하였다. 또한 남편이 길바닥에 쓰러져 우는 것도 보이었다.
"문 열어라!"
문득 대문이 덜컥 하고 혀가 꼬부라진 소리로 부르는 듯하였다.
"네."
저도 모르게 대답을 하고 급히 마루로 나왔다. 잘못 신은, 발에 아니 맞는 신을 질질 끌면서 대문으로 달렸다. 중문은 아직 잠그지도 않았고 행랑방에 사람이 없지 않지마는 으레 깊은 잠에 떨어졌을 줄 알고 자기가 뛰어나감이었다. 가느름한 손이 어둠 속에서 희게 빗장을 잡고 한참 실랑이를 한다. 대문은 열렸다.
밤바람이 선득하게 얼굴에 안친다. 문 밖에는 아무도 없다! 온 골목에 사람의 그림자도 볼 수 없다. 검푸른 밤빛이 허연 길 위에 그물그물 깃들었을 뿐이었다.
아내는 무엇에 놀란 사람 모양으로 한참 멀거니 서 있었다. 문득 급거히 대문을 닫친다. 마치 그 열린 사이로 악마나 들어올 것처럼.
"그러면 바람 소리였구먼."
하고 싸늘한 뺨을 쓰다듬으며 해쭉 웃고 발길을 돌리었다.
'아니 내가 분명히 들었는데…… 혹 내가 잘못 보지를 않았

술 권하는 사회 67

나? ……길바닥에나 쓰러져 있었으면 보이지도 않을 터야……'

중간문까지 다다르자 별안간 이런 생각이 그의 걸음을 멈추게 하였다.

'대문을 또 좀 열어 볼까? ……아니야, 내가 헛들었지. 그래도 혹…… 아니야, 내가 헛들었지.'

망설거리면서도 꿈꾸는 사람 모양으로 저도 모를 사이에 마루까지 올라왔다. 매우 기묘한 생각이 번개같이 그의 머리에 번쩍인다.

'내가 대문을 열었을 때 나 몰래 들어오지나 않았나?'

과연 방 안에 무슨 소리가 나는 것 같았다. 확실히 사람의 기척이 있다. 어른에게 꾸중 모시러 가는 어린애처럼 조심조심 방문 앞에 왔다. 그리고 문간 아래로 손을 대며 하염없이 웃는다. 그것은 제 잘못을 용서해 줍시사 하는 어린애 같은 웃음이었다. 조심조심 방문을 열었다. 이불이 어째 움직움직하는 듯하였다.

'나를 속이려고 이불을 쓰고 누웠구먼.'

하고 마음속으로 소곤거렸다. 가만히 내려앉는다. 그 모양이 이것을 건드려서는 큰일이 나지요, 하는 듯하였다. 이불을 펄쩍 쳐들었다. 빈 요가 하얗게 드러난다. 그제야 확실히 아니 온 줄 안 것처럼,

"아니 왔구면, 안 왔어!"
라고 울 듯이 부르짖었다.

남편이 돌아오기는 새로 두 점이 훨씬 지난 뒤였다. 무엇이 털썩 하는 소리가 들리고 잇달아,
"아씨, 아씨!"
라고 부르는 소리가 귀를 때릴 때에야 아내는 비로소 아직도 앉았을 자기가 이불 위에 쓰러져 있음을 깨달았다. 기실, 잠귀 어두운 할멈이 대문을 열었으리만큼 아내는 깜박 잠이 깊이 들었었다. 하건만 그는 몽경(夢境)*에서 방황하는 정신을 당장에 수습하였다. 두어 번 얼굴을 쓰다듬자 불현듯 밖으로 나왔다.
남편은 한 다리를 마루 끝에 걸치고 한 팔을 베고 옆으로 누워 있다. 숨소리가 씨근씨근한다.
막 구두를 벗기고 일어나 할멈은 검붉은 상을 찡그려 붙이며,
"어서 일어나 방으로 들어가세요."
라고 한다.
"응, 일어나지."
나리는 혀를 억지로 돌리어 코와 입으로 대답을 하였다. 그래도 몸은 꿈쩍도 않는다. 도리어 그 개개 풀린 눈을 자려는 것처럼 스르르 감는다. 아내는 눈만 비비고 서 있다.

"어서 일어나세요. 방으로 들어가시라니까."

이번에는 대답조차 아니한다. 그 대신 무엇을 잡으려는 것처럼 손을 내어젓더니,

"물, 물, 냉수를 좀 줘."

라고 중얼거렸다.

할멈은 얼른 물을 떠다 이취자(泥醉者)*의 코밑에 놓았건만, 그 사이에 벌써 아까 청(請)을 잊은 것같이 취한 이는 물을 먹으려고도 않는다.

"왜 물을 아니 잡수세요."

곁에서 할멈이 깨우쳤다.

"응, 먹지 먹어."

하고 그제야 주인은 한 팔을 짚고 고개를 든다. 한꺼번에 물 한 대접을 다 들이켜 버렸다. 그리고는 또 쓰러진다.

"에그, 또 눕네."

하고 할멈은 우물로 기어드는 어린애를 안으려는 모양으로 두 손을 내어민다.

"할멈은 고만 가 자게."

주인은 귀찮다는 듯이 말을 한다.

이를 어찌해 하는 듯이 멀거니 서 있는 아내도, 할멈이 고만 갔으면 하였다. 남편을 붙들어 일으킬 생각이야 간절하였지마

는, 할멈이 보는데 어찌 그럴 수 없는 것 같았다. 혼인한 지가 7, 8년이 되었으니 그런 파수(破羞)*야 되었으련만 같이 있어 본 날을 꼽아 보면, 그는 아직 갓 시집 온 색시였다.

'할멈은 가 자게.'

란 말이 목까지 올라왔지만 입술에서 사라지고 말았다. 마음 그윽히 할멈이 돌아가기만 기다릴 뿐이었다.

"좀 일으켜 드려야지."

가기는커녕, 이런 말을 하고, 할멈은 선웃음을 치면서 마루로 부득부득 올라온다. 그 모양은, 마치 주인 나리가 약주가 취하시거든, 방에까지 모셔다 드려야 제 도리에 옳지요, 하는 듯하였다.

"자아, 자아."

할멈은 아씨를 보고 히히 웃어 가며, 나리의 등 밑으로 손을 넣는다.

"왜 이래, 왜 이래. 내가 일어날 테야."

하고 몸을 움직이더니, 정말 주인이 부시시 일어난다. 마루를 쾅쾅 눌러 디디며, 비틀비틀, 곧 쓰러질 듯한 보조(步調)*로 방문을 향하여 걸어간다. 와지끈하며 문을 열어제치고는 방 안으로 들어간다. 아내도 뒤따라 들어왔다. 할멈은 중간턱을 넘어설 때, 몇 번 혀를 차고는, 저 갈 데로 가버렸다.

 벽에 엇비슷하게 기대어 있는 남편은 무엇을 생각하는 듯이 고개를 숙이고 있다. 그의 말라붙은 관자놀이에 펄떡거리는 푸른 맥(脈)을 아내는 걱정스럽게 바라보면서 남편 곁으로 다가온다. 아내의 한 손은 양복 깃을, 또 한 손은 그 소매를 잡으며 화(和)한 목성으로,
 "자아, 벗으세요."
하였다.
 남편은 문득 미끄러지는 듯이 벽을 타고 내려앉는다. 그의 쭉 뻗친 발 끝에 이불자락이 저리로 밀려간다.
 "에그, 왜 이리 하세요. 벗자는 옷은 아니 벗으시고."
 그 서슬에 넘어질 뻔한 아내는 애닯게 부르짖었다. 그러면서도 같이 따라 앉는다. 그의 손은 또 옷을 잡았다.
 "옷이 구겨집니다. 제발 좀 벗으세요"라고 아내는 애원을 하며, 옷을 벗기려고 애를 쓴다. 하나, 취한 이의 등이 천근(千斤)같이 벽에 척 들러붙었으니 벗겨질 리가 없다.
애를 쓰다쓰다 옷을 놓고 물러앉으며,
 "원 참, 누가 술을 이처럼 권하였노."
라고 짜증을 낸다.
 "누가 권하였노? 누가 권하였노? 흥흥."
 남편은 그 말이 몹시 귀에 거슬리는 것처럼 곱삶는다.

"그래, 누가 권했는지 마누라가 좀 알아내겠소?"
하고 껄껄 웃는다. 그것은 절망의 가락을 띤, 쓸쓸한 웃음이었다. 아내도 따라 방긋 웃고는 또 옷을 잡으며,
"자아, 옷이나 먼저 벗으세요. 이야기는 나중에 하지요. 오늘 밤에 잘 주무시면 내일 아침에 알으켜 드리지요."
"무슨 말이야, 무슨 말이야. 왜 오늘 일을 내일로 미루어. 할 말이 있거든 지금 해!"
"지금은 약주가 취하셨으니, 내일 약주가 깨시거든 하지요."
"무엇? 약주가 취해서?"
하고 고개를 쩔레쩔레 흔들며,
"천만에, 누가 술이 취했단 말이오. 내가 공연히 이러지 정신은 말뚱말뚱하오. 꼭 이야기하기 좋을 만해. 무슨 말이든지······ 자아."
"글쎄, 왜 못 잡수시는 약주를 잡수세요, 그러면 몸에 축이 나지 않아요."
하고 아내는 남편의 이마에 흐르는 진땀을 씻는다.
이취자(泥醉者)는 머리를 흔들며,
"아니야, 아니야, 그런 말을 듣자는 것이 아니야."
하고 아까 일을 추상하는 것처럼, 말을 끊었다가 다시금 말을 이어,

"옳지, 누가 나에게 술을 권했단 말이오? 내가 술이 먹고 싶어서 먹었단 말이오?"

"자시고 싶어 잡수신 건 아니지요. 누가 당신께 약주를 권하는지 내가 알아낼까요? 저…… 첫째는 화중이 술을 권하고 둘째는 '하이칼라'가 약주를 권하지요."

아내는 살짝 웃는다. 내가 어지간히 알아맞혔지요, 하는 모양이었다.

남편은 고소(苦笑)*한다.

"틀렸소, 잘못 알았소. 화중이 술을 권하는 것도 아니고, '하이칼라'*가 술을 권하는 것도 아니오. 나에게 권하는 것은 따로 있어. 마누라가, 내가 어떤 '하이칼라' 한테나 홀려 다니거나, 그 '하이칼라'가 늘 내게 술을 권하거니 하고 근심을 했으면 그것은 헛걱정이지. 나에게 '하이칼라'는 아무 소용도 없소. 나의 소용은 술뿐이오. 술이 창자를 휘돌아 이것저것을 잊게 맨드는 것을 나는 취(取)할 뿐이오."

하더니, 홀연 어조를 고쳐 감개무량하게,

"아아, 유위유망(有爲有望)한* 머리를 '알코올'로 마비 아니 시킬 수 없게 하는 그것이 무엇이란 말이오."

하고 긴 한숨을 내쉰다. 물큰물큰한 술냄새가 방 안에 흩어진다.

아내에게는 그 말이 너무 어려웠다. 고만 묵묵히 입을 다물었다. 눈에 보이지 않는 무슨 벽이 자기와 남편 사이에 깔리는 듯하였다. 남편의 말이 길어질 때마다 아내는 이런 쓰디쓴 경험을 맛보았다. 이런 일은 한두 번이 아니었다. 이윽고 남편은 기막힌 듯이 웃는다.

"흥 또 못 알아듣는군. 묻는 내가 그르지, 마누라야 그런 말을 알 수 있겠소? 내가 설명해 드리지. 자세히 들어요. 내게 술을 권하는 것은 화증도 아니고 '하이칼라'도 아니요, 이 사회란 것이 내게 술을 권한다오. 이 조선 사회란 것이 내게 술을 권한다오. 알았소? 팔자가 좋아서 조선에 태어났지, 딴 나라에 났더라면 술이나 얻어먹을 수 있나……"

사회란 무엇인가? 아내는 또 알 수가 없었다. 어찌하였든 딴 나라에는 없고 조선에만 있는 요릿집 이름이거니 한다.

"조선에 있어도 아니 다니면 그만이지요."

남편은 또 아까 웃음을 재우친다. 술이 정말 아니 취한 것같이 또렷또렷한 어조로,

"허허, 기막혀. 그 한 분자(分子)된 이상에야 다니고 아니 다니는 게 무슨 상관이야 집에 있으면 아니 권하고 밖에 나가야 권하는 줄 아는가 보아. 그런 게 아니야…… 무슨 사회 사람이 있어서 밖에만 나가면 나를 꼭 붙들고 술을 권하는 게 아냐……

무어라 할까…… 저 우리 조선 사람으로 성립된 이 사회란 것이, 내게 술을 아니 못 먹게 한다 말이오. ……어째 그렇소? 또 내가 설명을 해드리지. 여기 회(會)를 하나 꾸민다 합시다. 거기 모이는 사람놈 치고 처음은 민족을 위하느니 사회를 위하느니 그러는데, 제 목을 바쳐도 아깝지 않으니 아니하는 놈이 하나도 없어. 하다가 단 이틀이 못 되어, 단 이틀이 못 되어…….”

한층 소리 높이며 손가락을 하나씩 둘씩 꼽으며,

“되지 못한 명예 싸움, 쓸데없는 지위 다툼질, 내가 옳으니 네가 그르니, 내 권리가 많으니 네 권리 적으니…… 밤낮으로 서로 찢고 뜯고 하지, 그러니 무슨 일이 되겠소. 회(會)뿐이 아니라, 회사이고 소합이고…… 우리 조선놈들이 조직한 사회는 다 그 조각이지. 이런 사회에서 무슨 일을 한단 말이오. 하려는 놈이 어리석은 놈이야. 적이 정신이 바로 박힌 놈은 피를 토하고 죽을 수밖에 없지. 그렇지 않으면 술밖에 먹을 게 도무지 없지. 나도 전자에는 무엇을 좀 해보겠다고 애도 써보았어. 그것이 모두 수포야. 내가 어리석은 놈이었지. 내가 술을 먹고 싶어 먹는 게 아니야. 요사이는 좀 낫지마는 처음 배울 때에는 마누라도 아다시피 죽을 애를 썼지. 그 먹고 난 뒤에 괴로운 것이야 겪어본 사람이 아니면 알 수 없지. 머리가 지끈지끈 아프고 먹은 것이 다 돌아 올라오고…… 그래도 아니 먹은 것보담 나았어. 몸

은 괴로워도 마음은 괴롭지 않았으니까. 그저 이 사회에서 할 것은 주정꾼 노릇밖에 없어……"

"공연히 그런 말 말아요. 무슨 노릇을 못 해서 주정꾼 노릇을 해요! 남이라서……"

아내는 부지불식간(不知不識間)*에 흥분이 되어 열기(熱氣) 있는 눈으로 남편을 바라보고 불쑥 이런 말을 하였다. 그는 제 남편이 이 세상에 가장 거룩한 사람이거니 한다. 따라서 어느 뉘보다 제일 잘 될 줄 믿는다. 몽롱하나마 그의 목적이 원대하고 고상한 것도 알았다. 얌전하던 그가 술을 먹게 된 것은 무슨 일이 맘대로 아니 되어 화풀이로 그러는 줄도 어렴풋이 깨달았다. 그러나 술은 노상 먹을 것이 아니다. 그러면 패가망신하고 만다. 그러므로 하루바삐 그 화가 풀리었으면, 또다시 얌전하게 되었으면 하는 생각이 그의 머리를 떠날 때가 없었다. 그리고 그날이 꼭 올 줄 믿었다. 오늘부터는, 내일부터는…… 하건만, 남편은 어제도 술이 취하였다. 오늘도 한모양이다. 자기의 기대는 나날이 틀려 간다. 좇아서 기대에 대한 자신도 엷어 간다. 애닯고 원(冤)한 생각이 가끔 그의 가슴을 누른다. 더구나 수척해 가는 남편의 얼굴을 볼 때에 그런 감정을 걷잡을 수 없었다. 지금 저도 모르게 흥분한 것이 또한 무리가 아니었다.

"그래도 못 알아듣네그려. 참, 사람 기막혀. 본정신 가지고는

피를 토하고 죽든지, 물에 빠져 죽든지 하지, 하루라도 살 수가 없단 말이야. 흉장(胸腸)*이 막혀서 못 산단 말이야. 에잇, 가슴 답답해."

라고 남편은 소리를 지르고 괴로워서 못 견디는 것처럼 얼굴을 찌푸리며 미친 듯이 제 가슴을 쥐어뜯는다.

"술 아니 먹는다고 흉장이 막혀요?"

남편의 하는 짓은 본 체 만 체하고 아내는 얼굴을 더욱 붉히며 부르짖었다.

그 말에 몹시 놀란 것처럼 남편은 어이없이 아내의 얼굴을 바라보더니 그 다음 순간에는 말할 수 없는 고뇌의 그림자가 그의 눈을 거쳐 간다.

"그르지, 내가 그르지. 너 같은 숙맥더러 그런 말을 하는 내가 그르지. 너한테 조금이라도 위로를 얻으려는 내가 그르지. 후우."

스스로 탄식한다.

"아아 답답해!"

문득 기막힌 듯이 외마디 소리를 치고는 벌떡 몸을 일으킨다. 방문을 열고 나가려 한다.

왜 내가 그런 말을 하였던고, 아내는 불시에 후회하였다.

남편의 저고리 뒷자락을 잡으며 안타까운 소리로,

"왜 어디로 가세요? 이 밤중에 어디를 나가세요? 내가 잘못하였습니다. 인제는 다시 그런 말을 아니하겠습니다. ……그러게 내일 아침에 말을 하자니까……."

"듣기 싫어, 놓아, 놓아요."

하고 남편은 아내를 떠다밀치고 밖으로 나간다. 비틀비틀 마루 끝까지 가서는 털썩 주저앉아 구두를 신기 시작한다.

"에그, 왜 이리하세요. 인제 다시 그런 말을 아니한대도……."

아내는 뒤에서 구두 신으려는 남편의 팔을 잡으며 말을 하였다. 그의 손은 떨고 있었다. 그의 눈에는 담박에 눈물이 쏟아질 듯하였다.

"이건 왜 이래, 저리로 가!"

배앝는 듯이 말을 하고 획 뿌리친다. 남편의 발길이 뚜벅뚜벅 중문에 다다랐다. 어느덧 그 밖으로 사라졌다. 대문 빗장 소리가 덜컥 하고 난다. 마루 끝에 떨어진 아내는 헛되이 몇 번,

"할멈! 할멈!"

하고 불렀다. 고요한 밤공기를 울리는 구두 소리는 점점 멀어 간다. 발자취는 어느덧 골목 끝으로 사라져 버렸다. 다시금 밤은 적적히 깊어 간다.

"가 버렸구먼, 가 버렸어!"

그 구두 소리를 영구히 아니 잃으려는 것처럼 귀를 기울이고

있는 아내는 모든 것을 잃었다, 하는 듯이 부르짖었다. 그 소리가 사라짐과 함께 자기의 마음도 사라지고, 정신도 사라진 듯하였다. 심신이 텅 비어진 듯하였다. 그의 눈은 하염없이 검은 밤 안개를 물끄러미 바라보고 있다. 그 사회란 독한 꼴을 그려 보는 것같이.

쓸쓸한 새벽 바람이 싸늘하게 가슴에 부딪친다. 그 부딪치는 서슬에 잠 못 자고 피곤한 몸이 부서질 듯이 지긋지긋하였다.

죽은 사람에게서뿐 볼 수 있는 해쓱한 얼굴이 경련적으로 떨며 절망한 어조로 소곤거렸다.

"그 몹쓸 사회가, 왜 술을 권하는고!"

불

　　　■■■　밥이 보그르하고 넘었다. 순이는 솥뚜껑을 열려고 일어섰을 때 부뚜막에 얹힌 성냥이 그의 눈에 띄었다. 이상한 생각이 번개같이 그의 머리를 스쳐 간다. 그는 성냥을 쥐었다. 성냥 쥔 그의 손은 가늘게 떨렸다. 그러자 사면을 한번 돌아볼 겨를도 없이 그 성냥을 품속에 감추었다. 이만하면 될 일을 왜 여태껏 몰랐던가 하면서 그는 싱그레 웃었다.

불

　시집 온 지 한 달 남짓한 금년에 열다섯 살밖에 안 된 순이는 잠이 어릿어릿한 가운데도 숨길이 갑갑해짐을 느꼈다. 큰 바위로 내리누르는 듯이 가슴이 답답하다. 바위나 같으면 싸늘한 맛이나 있으련마는 순이의 비둘기 같은 연약한 가슴에 얹힌 것은 마치 장마 지는 여름날과 같이 눅눅하고 축축하고 무더운 데다가 천 근의 무게를 더한 것 같다. 그는 복날 개와 같이 헐떡이었다. 그러자 허리와 엉치가 뼈개내는 듯, 쪼개내는 듯, 갈기갈기 찢는 것같이, 산산이 바수는 것같이 욱신거리고 쓰라리고 쑤시고 아파서 견딜 수 없었다. 쇠막대 같은 것이 오장육부를 한편으로 치우치며 가슴까지 치받쳐 올라 콱콱 뻗지를* 때엔 순이는 입을 딱박 벌리며 봄을 위로 추스른다……. 이렇듯 아프니 적이 나하면 잠이 깨이런만 온종일 물 이기, 절구질하기, 물방아 찧기, 논에 나간 일꾼들에게 밥 나르기에 더할 수 없이 지쳤던 그는 잠을 깰래야 깰 수 없었다. 그렇다고 그가 혼수상태에 떨어진 것은 물론 아니니 '이러다간 내가 죽겠구먼! 죽겠구먼! 어서 잠을 깨야지, 깨야지' 하면서도 풀칠이나 한 듯이 죄어붙는 눈을 뜰 수가 없었다. 흙물같이 텁텁한 잠을 물리칠 수가 없었다. 연해 입을 딱딱 벌리며 봄을 추스르다가 나중에는 지긋지긋한 고통을 억지로 참는 사람 모양으로 이까지 빠드득빠드득 갈아붙이었다……. 얼마 만에야 무서운 꿈에 가위눌린 듯한 눈을 어

렴풋이 뜰 수 있었다. 제 얼굴을 솥뚜껑 모양으로 덮은 남편의 얼굴을 보았다. 함지박*만한 큰 상판의 검은 부분은 어두운 밤빛과 어우러졌는데 번쩍이는 눈깔의 흰자위, 침이 게 흐르는 입술, 그것이 비뚤어지게 열리며 드러난 누런 이빨만 무시무시하도록 뚜렷이 알아볼 수가 있었다.

그러자 가뜩이나 큰 얼굴이 자꾸자꾸 부어 오르더니 주악빛*으로 지져 놓은 암갈색의 어깨판도 따라서 확대되어서 깍짓동* 만하게 되고 집채만하게 된다. 순이는 배꼽에서 솟아오르는 공포와 창자를 뒤트는 고통에 몸을 떨었다가 버르적거렸다가 하면서, 염치 없는 잠에 뒷덜미를 잡히기도 하고 무서운 현실에 눈을 뜨기도 하였다.

그 고통으로부터 겨우 벗어난 때에는, 유월의 단열밤〔短夜〕*이 벌써 새었다. 사내의 어마어마한 윤곽이 방이 비좁도록 움직이자 밖으로 나간다. 들에 새벽일 하러 나감이리라. 그제야 순이도 긴 한숨을 쉬며 잠을 깰 수 있었다. 짙은 먹칠이나 한 듯하던 들창이 잿빛으로 변하며 가물가물한 가운데 노랏노랏이 삿자리*의 눈이 드러난다. 윗목에 놓인 허술한 경대 위에 번들번들하는 석경*이라든지, 머리맡 벽에 걸려 있는 누룩장이라든지 '원수의 방'이 분명하다. 더구나 제 등때기 밑에는 요까지 깔려 있다. '이것은 어찌 된 셈인구?' 순이는 정신을 차리며 생각해

불 83

보았다. 어젯밤에 그가 잔 데는 여기가 아닐 테다. 밤이 되면 으레 당하는 이 몹쓸 노릇들을 하루라도 면하려고 저녁 설거지를 마치는 맡에 아무도 몰래 헛간으로 숨었었다. 단지 둘밖에 아니 남은 볏섬을 의지삼아 빈 섬거적*을 깔고 두 다리를 쭉 뻗칠 사이도 없이 고만 고달픈 잠에 떨어지고 말았었다. 그런데 어찌 또 방으로 들어왔을까? 그 원수의 놈이 육욕에 번쩍이는 눈알을 부라리며 사면 팔방*으로 찾다가 마침내 그를 발견하였음이리라. 억센 팔로 어렵지 않게 자는 그를 안아다가 또 '원수의 방'에 갖다 놓았음이리라. 그리고는 또 원수의 노릇⋯⋯.

이런 생각을 끝도 맺기 전에 흐리터분한 잠이 다시금 그의 사개 물러난* 몸을 엄습하였다⋯⋯.

집안이 떠나갈 듯한 시어미의 소리가 일어났다.

"안 일어났니! 어서 쇠죽*을 끓여야지!"

그 소리가 끝나기도 전에 순이는 빨딱 몸을 일으킨다. 한 손으로 눈을 비비며 또 한 손으로 남편이 벗겨 놓은 옷을 주섬주섬 총망히 주워 입는다. 그는 시방껏 자지 않았던가? 그 거동을 보면 자기는 새로 정신을 한껏 모으고 호령일하*를 기다리던 군사에 질 바 없었다. 그러니만큼 자던 잠결에도 시어미의 호령은 무서웠음이다.

총총히 마루로 나오니 아직 날은 다 밝지 않았다. 자욱한 안개

를 격해서 광채를 잃은 흰 달이 죽은 사람의 눈깔 모양으로 희멀겋게 서쪽으로 기울고 있다.

저녁에 안쳐 놓은 쇠죽 솥에 가자 불을 살랐다. 비록 여름일망정 새벽 공기는 찼다. 더욱이 으슬한 한기를 느끼던 순이는 번쩍하고 불 붙는 모양이 매우 좋았다. 새빨간 입술이 날름날름 집어 주는 솔개비*를 삼키는 꼴을 그는 흥미있게 구경하고 있었다. 고된 하룻밤으로 말미암아 더욱 고된 순이의 하루는 또 시작되었다.

쇠죽을 다 끓이자 아침밥 지을 물을 또 아니 이어 올 수 없었다. 물동이를 이고 두 팔을 치켜 그 귀를 잡으니 겨드랑이로 안개 시린 공기가 싸늘하게 기어들었다. 시냇가에 나와서 물동이를 놓고 한번 기지개를 켰다. 안개에 묻힌 올망졸망한 산과 등성이는 아직도 몽롱한 꿈길을 헤매는 듯. 엊그제 농부를 기뻐 뛰게 한 큰 비의 덕택으로 논이란 논엔 물이 질번질번한데 흰 안개와 어우러지니 마치 수은이 엉킨 것 같고 벌써 옮겨 놓은 모들은 파릇파릇하게 졸음 오는 눈을 비비고 있다. 이런 가운데 저 혼자 깨었다는 듯이 시내는 쫄쫄 소리를 치며 흘러간다. 과연 가까이 앉아서 들여다보니 새말간 그 얼굴은 잠 하나 없는 눈동자와 같다. 순이는 퐁 하며 바가지를 넣었다. 상처가 난 데를 메우려는 듯이 사방에서 모여든 물이 바가지 들어갔던 자리

를 둥글게 에워싸며 한동안 야료*를 치다가 그리 중상은 아니라고 안심한 것같이 너르게너르게 둘레를 그리며 물러 나갔다. 순이는 자꾸 물을 퍼내었다.

한 동이를 여다 놓고 또 한 동이를 이러 왔을 때 그가 벌써부터 잡으려고 애쓰던 송사리 몇 마리가 겁없이 동실동실 떠다니는 걸 보았다. 욜랑욜랑*하는 그 모양이 퍽 얄미웠다. 숨소리를 죽이고 가만히 두 손을 넣어서 움키려 하였건만 고놈들은 용하게 빠져 달아나곤 한다. 몇 번을 헛애만 쓴 순이는 그만 화가 더럭 나서 이번에는 돌멩이를 주워다가 함부로 물 속의 고기를 때렸다. 제 얼굴에, 옷에 물만 튀었지 고놈들은 도무지 맞지를 않았다. 싸증이 나서 울고 싶다. 돌질로 성공을 못한 줄 안 그는 다시금 손으로 움켜 보았다. 그 중에 불행한 한 놈이 마침내 순이의 손아귀에 들고 말았다. 손 새로 물이 빠져 가자 제 목숨도 잦아 가는 것에 독살이 난 듯이 파득파득하는 꼴이 순이에게는 재미있었다. 얼마 안 되어 가련한 물짐승이 죽은 듯이 지친 몸을 손바닥에 붙이고 있을 때 잔인하게도 순이는 땅바닥에 태질을 쳤다. 아프다는 듯이 꼼지락하자 고만 작은 목숨은 사라졌건만 그래도 아니 죽었거니 하고 순이는 손가락으로 건드려 보았다. 그래서 일순간 전에는 파득파득하고 살았던 그것이 벌써 송장이 된 것을 깨닫자 생명 하나를 없앴다는 공포심이 그의 뒷덜

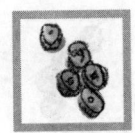

미를 집었다. 그 자리에서 곧 송사리의 원혼이 날 듯싶었다. 갈팡질팡 물을 긷고 돌아서는 그는 누가 뒤에서 머리카락을 잡아당기는 듯하였다.

눈코를 못 뜨게 아침을 치르자마자 그는 또 보리를 찧어야 한다. 절구질을 하노라니 허리가 부러지는 것 같다. 무거운 절구에 끌려서 하마터면 대가리를 절구통 속에 찧을 뻔도 하였다. 팔이 떨어지는 것 같다. 그래도 그는 깽깽하며 끝까지 절구질을 아니할 수 없었다.

또 점심이다. 부랴부랴 밥을 다 지어서는 모심기 하는 일꾼(거기는 자기 남편도 끼였다)에게 밥을 날라야 한다. 국이며 밥을 잔뜩 담은 목판*이 그의 정수리를 내리누르니 모가지가 자라의 그것같이 움츠려지는 것은 물론이려니와 키까지 졸아든 듯하였다. 이래 가지고 떼어놓기 어려운 발길을 옮기며 삽짝 밖을 나섰다.

새말갛게 갠 하늘에는 구름 한 점도 없고 중천에 솟은 햇님이 불 같은 볕을 내리퍼붓고 있었다. 질펀한 들에는 '흙의 아들'이 하얗게 흩어져 응석 피듯 어머니의 기름진 젖가슴을 철벅거리며 모내기에 한창 바빴다. 그들이 굽혔다 폈다 하는 서슬에 옷으로 다 여미지 못한 허리는 새까맣게 지져 놓은 듯하고, 염치없이 눈에까지 흘러드는 팥죽 같은 땀을 닦느라고 얼굴은 모두

흙투성이가 되었다. 그래도 한시라도 속히, 한 포기라도 많이 옮기려고 골똘한 그들은 뼈가 휘어도 괴로운 한숨 한 번 쉬지 않는다. 도리어 그들은 노래를 부른다. 가장 자유로운 곡조로 가장 신나게 노래를 부른다.

 땅은 흠씬 젖은 물을 끓는 햇발에 바래이고 있다. 논두렁에 엉클어진 잡풀들은 사람의 발이 함부로 밟음에 맡기며, 발이 지나가기를 기다려 고개를 쳐들고 부신 햇발에 푸른 웃음을 올리고 있다. 거기는 굳세게, 힘있게 사는 생명의 기쁨이 있고, 더욱더욱 삶을 충실히 하려는 든든한 노력이 있었다. 간단히 말하면 건강이 넘치는 천지였다. 불건강한 물건의 존재를 허락하지 않는 천지였다.

 이 강렬한 광선의 바다의 싱싱한 공기를 마시기엔 순이의 몸은 너무나 불건강하였었다. 눈이 펑펑 내둘리며 머리가 어찔어찔하다. 온몸을 땀으로 미역 감기면서도 으쓱으쓱 한기가 들었다. 빗물이 고인 데를 건너뛰려 할 때 물 속에 잠긴 태양이 번쩍하자 그의 눈앞은 캄캄해졌다. 문득 아침에 제가 죽인 송사리란 놈이 퍼드득하고 내달으며 방어*만치나 어마어마하게 큰 몸뚱이로 그의 가는 길을 막았다. 속으로 '악' 외마디 소리를 치며 몸을 빼쳐 달아나려고 할 때 그는 고만 무엇이 무엇인지 분간을 못하게 되었다. 누가 저의 머리채를 잡아서 회술레를 돌리는 듯

한 느낌이었다. 그럴 사이에 그는 벼락치는 소리를 들은 채 정신을 잃었다…….

한참 만에야 순이는 깨어났건만 본정신이 다 돌아오지는 않았다. 어리둥절하게 눈만 멀뚱거리고 있는 사이 점심밥을 이고 나가던 일, 넓은 들에서 눈을 부시게 하던 햇발, 길을 막던 송사리 생각이 차례차례로 떠올랐다. 그러면 이고 가던 점심은 어떻게 되었는가? 하면서 휘 사방을 둘러볼 겨를도 없이 그는 외마디 소리를 치며 몸을 소스라쳤다. 또다시 그 '원수의 방'에 누웠을 줄이야! 미친 듯이 마루로 뛰어나왔다. 그의 눈은 마치 귀신에게 홀린 사람 모양으로 두려움과 무서움에 호동그래졌다.

마당에 널어 놓은 밀을 고무래로 젓고 있는 시어미는 뛰어나오는 며느리에게 날카로운 눈살을 던지었다. 국과 밥을 못 먹게 만든 것은 그만두더라도 몇 개 아니 남은 그릇을 깨뜨린 것이 한없이 미웠으되 까무러치기까지 한 며느리를 일어나는 맡에 나무라기는 어려웠음이리라.

"인제 정신을 차렸느냐. 왜 더 누워서 조리를 하지 방정을 떨고 나오니. 어서 방으로 들어가서 누워 있으려무나."

부드러운 목소리를 짓느라고 매우 애를 쓰는 모양이다.

그래도 순이는 비실비실하는 걸음걸이로 부득부득 마당으로 내려온다.

불 89

"방에 들어가서 조리를 하래도 그래."
이번에는 어성(語聲)이 조금 높아진다.
"싫어요, 싫어요. 괜찮아요."
순이는 방에 다시 들어가기가 죽기보다 싫었다.
"또 고분고분 말을 아니 듣고 억지를 부리는군."
하다가 속에서 치받치는 미움을 걷잡지 못하겠다는 듯이 고무래 자루를 거꾸로 들 사이도 없이 시어미는 며느리에게로 달려들었다.
"요 방정맞은 년 같으니, 어쩌자고 그릇을 다 부수고 아실랑 아실랑 나오는 건 뭐냐. 요 얌치 없는 년 같으니, 저번 장에 산 사발을 두 개나 산산조각을 맨들고······."
하고 푸념을 섞어 가며 고무래 자루로 머리, 등, 다리 할 것 없이 함부로 두들기기 시작한다. 순이는 맞아도 아픈 줄을 몰랐다. 으스러지는 듯이 찌뿌두두한 몸에 툭툭하고 떨어지는 매가 도리어 괴상한 쾌감을 일으켰다.
"요런 악지 센* 년 좀 보아! 어쩌면 맞아도 울지도 않고 요렇게 있담."
하고 또 한참 매질을 하다가 스스로 지친 듯이 고무래를 집어던지며,
"요년, 보기 싫다. 어서 부엌에 가서 저녁이나 지어라."

　순이는 또 시키는 대로 부엌에 들어가서 밥을 안쳤다.
　그럭저럭 하루 해는 저물어 간다. 으슥한 부엌은 벌써 저녁이나 된 듯이 어둑어둑해졌다. 무서운 밤, 지겨운 밤이 다시금 그를 향하여 시커먼 아가리를 벌리려 한다. 해질 때마다 느끼는 공포심이 또다시 그를 엄습하였다. 번번이 해도 번번이 실패하는 밤, 피할 궁리로 하여 그의 좁은 가슴은 쥐어뜯기었다. 그럴 사이에 그 궁리는 나서지 않고 제 신세가 어떻게 불쌍하고 가엾은지 몰랐다. 수백 리 밖에 부모를 두고 시집을 온 일, 온 뒤로 밤마다 날마다 당하는 지긋지긋한 고생, 더구나 오늘 시어머니한테 두들겨 맞은 일이 한없이 서럽고 슬퍼서 솟아오르는 눈물을 걷잡을 수 없었다. 주먹으로 씻다가 팔까지 젖었건만 눈물은 그치지 않았다……. 그때였다. 누가 뒤에서 그의 어깨를 흔들었다. 순이는 무심코 돌아보자마자 간이 오그라붙는 듯하였다. 낮일을 다 하고 돌아왔음이리라. 그의 남편이 몸을 굽혀서 어깨 너머로 그를 들여다보고 있지 않은가. 그 볕에 그을린 험상궂은 얼굴엔 어울리지 않게 보드라운 표정과 불쌍해 하는 빛이 역력히 흘렀다. 그러나 솔개에 채인 병아리 모양으로 숨 한 번 옳게 쉬지 못하는 순이는 그런 기색을 알아볼 여유도 없었다.
　"왜 울어, 울지 말아, 울지 말아!"
　라고 껄세인 몸을 떨어뜨리며 위로를 하면서 그 솥뚜껑 같은 손

으로 우는 순이의 눈을 씻어 주고는 나가 버린다.

　남편을 본 뒤로는 더욱 견딜 수 없었다. 가슴을 지질러서 막는 바위, 온몸을 바스려내는 쇠뭉둥이, 시방껏 흐르던 눈물도 간 데 없고 다시금 이 지긋지긋한 '밤 피할 궁리'에 어린 머리를 짰다. 아니 밤 탓이 아니다. 온전히 그 '원수의 방' 때문이다. 만일 그 방만 아니면 남편이 또한 눈물을 씻어 주고 나갈 따름이다. 그 방만 아니면 그런 고통을 줄래야 줄 곳이 없을 것이다. 고 '원수의 방'을 없애 버릴 도리가 없을까? 입때 방을 피하려다가 뜻을 이루지 못한 순이는 인제 그 방을 없애 버릴 궁리를 하게 되었다.

　밥이 보그르하고 넘었다. 순이는 솥뚜껑을 열려고 일어섰을 때 부뚜막에 얹힌 성냥이 그의 눈에 띄었다. 이상한 생각이 번개같이 그의 머리를 스쳐 간다. 그는 성냥을 쥐었다. 성냥 쥔 그의 손은 가늘게 떨렸다. 그러자 사면을 한번 돌아볼 겨를도 없이 그 성냥을 품속에 감추었다. 이만하면 될 일을 왜 여태껏 몰랐던가 하면서 그는 싱그레 웃었다.

　그날 밤에 그 집에는 난데없이 불이 건넌방 뒤꼍 추녀로부터 일어났다. 풍세를 얻은 불길이 삽시간에 온 지붕에 번지며 활활 타오를 때 뒷집 담 모서리에서 순이는 근래에 없이 환한 얼굴로 기뻐 못 견디겠다는 듯이 가슴을 두근거리며 모로 뛰고 세로 뛰었다.

B사감과
러브 레터

　　　■　소리나는 방은 어렵지 않게 찾을
수 있었다. 찾고는 나무로 깎아 세운 듯이 주
춤 걸음을 멈출 만큼 그들은 놀랐다. 그런 소
리의 출처야말로 자기네 방에서 몇 걸음 안 되
는 사감실일 줄이야! 그렇듯이 사내라면 못 먹
어 하고 침이라도 뱉을 듯하던 B여사의 방일
줄이야! 그 방에 여전히 사내의 비대발괄하는
푸념이 되풀이되고 있다.

B사감과 러브 레터

　C여학교에서 교원 겸 기숙사 사감* 노릇을 하는 B여사라면 딱장대*요, 독신주의자요, 찰진* 야소꾼*으로 유명하다. 사십에 가까운 노처녀인 그는 주근깨투성이 얼굴이 처녀다운 맛이란 약에 쓰려 해도 찾을 수 없을 뿐인가, 시들고 거칠고 마르고 누렇게 뜬 품이 곰팡 슨 굴비를 생각나게 한다.
　여러 겹 주름이 잡힌 훌렁 벗어진 이마라든지, 숱이 적어서 법대로 쪽찌거나 틀어올리지 못하고, 엉성하게 그냥 빗어 넘긴 머리 꼬리가 뒤통수에 염소똥만하게 붙은 것이라든지, 벌써 늙어가는 자취를 감출 길이 없었다. 뾰족한 입을 앙다물고 돋보기 너머로 쌀쌀한 눈이 노릴 때엔 기숙생들이 오싹하고 몸서리를 치리만큼 그는 엄격하고 매서웠다.
　이 B여사가 질겁을 하다시피 싫어하고 미워하는 것은 소위 '러브 레터'*였다. 여학교 기숙사라면 으레 그런 편지들이 많이 오는 것이지만, 학교로도 유명하고 또 아름다운 여학생이 많은 탓인지 모르되 하루에도 몇 장씩 죽느니 사느니 하는 사랑 타령이 날아 들어왔다. 기숙생에게 오는 사신을 일일이 검토하는 터이니까 그 따위 편지도 물론 B여사의 손에 떨어진다. 달짝지근한 사연을 보는 족족 그는 더할 수 없이 흥분되어서 얼굴이 붉으락푸르락, 편지 든 손이 발발 떨리도록 성을 낸다.
　아무 까닭 없이 그런 편지를 받은 학생이야말로 큰 재변이었

다. 하학하기가 무섭게 그 학생은 사감실로 불리어 간다. 분해서 못 견디겠다는 사람 모양으로 쌔근쌔근하며 방 안을 왔다갔다하던 그는, 들어오는 학생을 잡아먹을 듯이 노리면서 한 걸음 두 걸음 코가 맞닿을 만큼 바싹 다가들어 서서 딱 마주 선다. 웬 영문인지 알지 못하면서도 선생의 기색을 살피고 겁부터 집어먹은 학생은 한동안 어쩔 줄 모르다가 간신히 모기만한 소리로,
"저를 부르셨어요?"
하고 묻는다.
"그래, 불렀다. 왜!"
꽉 무는 듯이 한마디 하고 나서 매우 못마땅한 것처럼 교의를 우당퉁당 당겨서 철썩 주저앉았다가 학생이 그저 서 있는 걸 보면,
"장승이냐? 왜 앉지를 못해."
하고 또 소리를 빽 지르는 법이었다. 스승과 제자는 조그마한 책상 하나를 새에 두고 마주 앉는다. 앉은 뒤에도,
"네 죄상을 네가 알지!"
하는 것처럼 아무 말 없이 눈살로 쏘기만 하다가 한참 만에야 그 편지를 끄집어내어 학생의 코앞에 동댕이를 치며,
"이건 누구한테 오는 거냐?"
하고 문초를 시작한다. 앞장에 제 이름이 쓰였는지라,

"저한테 온 것이에요."
하고 대답하지 않을 수 없다. 그러면 발신인이 누구인 것을 재쳐 묻는다. 그런 편지는 항용으로* 발신인의 성명이 똑똑지 않기 때문에 주저주저하다가 자세히 알 수 없다고 내댈 양이면,
"너한테 오는 것을 네가 모른단 말이냐?"
하고 불호령을 내린 뒤에 또 사연을 읽어 보라 하여 무심한 학생이 나직나직하나마 꿀 같은 구절을 입술에 올리면, B여사의 역정은 더욱 심해져서 어느 놈의 소위인 것을 기어이 알려 한다. 기실 보도 듣도 못한 남성의 한 노릇이요, 자기에게는 아무 죄도 없는 것을 변명하여도 곧이듣지를 않는다. 바른 대로 아뢰어야 망정이지 그렇지 않으면 퇴학을 시킨다는 둥, 제 이름도 모르는 여자에게 편지할 리가 만무하다는 둥, 필연 행실이 부정한 일이 있으리라는 둥…….

하다 못해 어디서 한 번 만나기라도 하였을 테니 어찌해서 남자와 접촉을 하게 되었느냐는 둥, 자칫 잘못하여 학교에서 주최한 음악회나 '바자'*에서 혹 보았는지 모른다고 졸리다 못해 주워댈 것 같으면 사내의 보는 눈이 어떻더냐, 표정이 어떻더냐, 무슨 말을 건네더냐, 미주알고주알 캐고 파며 어르고 볶아서 넉넉히 십 년 감수는 시킨다.

두 시간이 넘도록 문초를 한 끝에는 사내란 믿지 못할 것, 우

리 여성을 잡아먹으려는 마귀인 것, 연애가 자유이니 신성이니 하는 것도 모두 악마가 지어낸 소리인 것을 입에 침이 없이 열에 떠서 한참 설법을 하다가 닦지도 않은 방바닥(침대를 쓰기 때문에 방이라 해도 마룻바닥이다)에 그대로 무릎을 꿇고 기도를 올린다. 눈에 눈물까지 글썽거리면서 말끝마다 하느님 아버지를 찾아서 악마의 유혹에 떨어지려는 어린 양을 구해 달라고 되삶고 곱삶는 법이었다.

그리고 둘째로 그의 싫어하는 것은 기숙생을 남자가 면회하러 오는 일이었다. 무슨 핑계를 하든지 기어이 못 보게 하고 만다. 친부모, 친동기간이라도 규칙이 어떠니, 상학*중이니 무슨 핑계를 하든지 따돌려 보내기 일쑤다.

이로 말미암아 학생이 동맹 휴학을 하였고 교장의 설유까지 들었건만, 그래도 그 버릇은 고치려 들지 않았다.

이 B사감이 감독하는 그 기숙사에 금년 가을 들어서 괴상한 일이 '생겼다'느니보다 '발각되었다'는 것이 마땅할는지 모르리라. 왜 그런고 하면 그 괴상한 일이 언제 '시작된' 것은 귀신밖에 모르니까.

그것은 다른 일이 아니라 밤이 깊어서 새로 한 점이 되어 모든 기숙생들이 달고 곤한 잠에 떨어졌을 때 난데없는 깔깔대는 웃음과 속살속살하는 말 낱*이 새어 흐르는 일이었다.

하룻밤이 아니고 이틀 밤이 아닌 다음에야 그런 소리가 잠귀 밝은 기숙생의 귀에 들리기도 하였지만 잠결이라 뒷동산에 구르는 마른 잎의 노래로나, 달빛에 날개를 번뜩이며 울고 가는 기러기의 소리로나 흘려 들었다. 그렇지 않으면 도깨비의 장난이나 아닌가 하여 무시무시한 증이 들어서 동무를 깨웠다가 좀처럼 동무는 깨지 않고 제 생각이 너무나 어림없고 어이없음을 깨달으면, 밤 소리 멀리 들린다고, 학교 이웃집에서 이야기를 하거나 또 딴 방에 자는 제 동무들의 잠꼬대로만 여겨서 스스로 안심하고 그대로 자 버리기도 하였다. 그러나 이 수수께끼가 풀릴 때는 왔다. 이때 공교롭게 한방에 자던 학생 셋이 한꺼번에 잠을 깨었다. 첫째 처녀가 소변을 보러 일어났다가 그 소리를 듣고 둘째 처녀와 셋째 처녀를 깨우고 만 것이다.

"저 소리를 들어 보아요, 아닌 밤중에 저게 무슨 소리야?"

하고 첫째 처녀는 휘둥그레진 눈에 무서워하는 빛을 띤다.

"어젯밤에 나도 저 소리에 놀랐었어, 도깨비가 났단 말인가?"

하고 둘째 처녀도 잠 오는 눈을 비비며 수상해 한다. 그 중에 제일 나이 많을 뿐더러(많았자 열여덟밖에 아니 되지만) 장난 잘 치고 짓궂은 짓 잘 하기로 유명한 셋째 처녀는 동무 말을 못 믿겠다는 듯 이윽히 귀를 기울이다가,

"딴은 수상한걸. 나도 언젠가 한번 들어 본 법도 하구먼. 무얼, 잠 아니 오는 애들이 이야기를 하는 게지."

이때에 그 괴상한 소리는 떽대굴* 웃었다. 세 처녀는 귀를 소스라쳤다. 적적한 밤 가운데 다른 파동 없는 공기는 그 수상한 말 마디를 곁에서나 나는 듯이 또렷또렷이 전해 주었다.

"오! 태훈 씨! 그러면 작히 좋을까요."

간드러진 여자의 목소리다.

"경숙 씨가 좋으시다면 내야 얼마나 기쁘겠습니까. 아아, 오직 경숙 씨에게 바친 나의 타는 듯한 가슴을 인제야 아셨습니까!"

정열에 뜬 사내의 목청이 분명하였다. 한동안 침묵······.

"인제 고만 놓아요. 키스가 너무 길지 않아요. 행여 남이 보면 어떡해요."

아양 떠는 여자 말씨.

"길수록 더욱 좋지 않아요. 나는 내 목숨이 끊어질 때까지 키스를 하여도 길다고는 못 하겠습니다. 그래도 짧은 것을 한하겠습니다."

사내의 피를 뿜는 듯한 이 말끝은 계집의 자지러진 웃음으로 묻혀 버렸다.

그것은 묻지 않아도 사랑에 겨운 남녀의 허물어진 수작이다.

감금이 지독한 이 기숙사에 이런 일이 생길 줄이야! 세 처녀는 얼굴을 마주 보았다. 그들의 얼굴은 놀랍고 무서운 빛이 없지 않았으되 점점 호기심에 번쩍이기 시작하였다. 그들의 머릿속에는 한결같이 '로맨틱'한 생각이 떠올랐다. 이 안에 있는 여자 애인을 보려고 학교 근처를 뒤돌고 곱돌던 사내 애인이, 타는 듯한 가슴을 걷잡다 못하여 밤이 으슥하기를 기다려 담을 뛰어넘었는지 모르리라.

모든 불이 다 꺼지고 오직 밝은 달빛이 은가루처럼 서리인 창문이 소리없이 열리며 여자 애인이 흰 수건을 흔들어 사내 애인을 부른지도 모르리라.

활동사진에 보는 것처럼 기나긴 피륙*을 내리어서 하나는 위에서 당기고 하나는 밑에서 매달려 디룽디룽하면서 올라가는 정경이 있었는지 모르리라.

그래서 두 애인은 만나 가지고 저와 같이 사랑의 속살거림에 잦아졌는지 모르리라……. 꿈결 같은 감정이 안개 모양으로 눈부시게 세 처녀의 몸과 마음을 휩싸 돌았다.

그들의 뺨은 후끈후끈 달았다. 괴상한 소리는 또 일어났다.

"난 싫어요, 당신 같은 사내는 난 싫어요."

이번에는 매몰스럽게 내대는 모양,

"나의 천사, 나의 하늘, 나의 여왕, 나의 목숨, 나의 사랑, 나

를 살려 주어요. 나를 구해 주어요."
　사내의 애를 졸이는 간청······.
　"우리 구경 가 볼까."
　짓궂은 셋째 처녀는 몸을 일으키며 이런 제의를 하였다. 다른 처녀들도 이 말에 찬성한다는 듯이 따라 일어섰으되 의아와 공구와 호기심이 뒤섞인 얼굴을 서로 교환하면서 얼마쯤 망설이다가 마침내 가만히 문을 열고 나왔다. 쌀벌레 같은 그들의 발가락은 가장 조심성 많게 소리나는 곳을 향해서 곰실곰실 기어간다. 컴컴한 복도에 자다가 일어난 세 처녀의 흰 모양은 그림자처럼 소리없이 움직였다.
　소리나는 방은 어렵지 않게 찾을 수 있었다. 찾고는 나무로 깎아 세운 듯이 주춤 걸음을 멈출 만큼 그들은 놀랐다. 그런 소리의 출처야말로 자기네 방에서 몇 걸음 안 되는 사감실일 줄이야! 그렇듯이 사내라면 못 먹어 하고 침이라도 뱉을 듯하던 B여사의 방일 줄이야! 그 방에 여전히 사내의 비대발괄하는 푸념이 되풀이되고 있다.
　나의 천사, 나의 하늘, 나의 여왕, 나의 목숨, 나의 사랑, 나의 애를 말려 죽이실 테요. 나의 가슴을 뜯어 죽이실 테요. 내 생명을 맡으신 당신의 입술로······.
　셋째 처녀는 대담스럽게 그 방문을 빠끔히 열었다. 그 틈으로

여섯 눈이 방 안을 향하여 쏘았다. 이 어쩐 기괴한 광경이냐! 전등불은 아직 끄지 않았는데 침대 위에는 기숙생에게 온 소위 '러브 레터'의 봉투가 너저분하게 흩어졌고 그 알맹이도 여기저기 두서없이 펼쳐진 가운데 B여사 혼자—아무도 없이 저 혼자 일어나 앉았다. 누구를 끌어당길 듯이 두 팔을 벌리고 안경을 벗은 근시안으로 잔뜩 한 곳을 노리며 그 굴비쪽 같은 얼굴에 말할 수 없이 애원하는 표정을 짓고는, 키스를 기다리는 것같이 입을 쫑긋이 내민 채 사내의 목청을 내어 가면서 아까 말을 중얼거린다. 그러다가 그 넋두리가 끝날 겨를도 없이 급작스레 앵돌아서는 시늉을 내며 누구를 뿌리치는 듯이 연해 손짓을 하며 이번에는 톡톡 쏘는 계집의 음성을 지어,

"난 싫어요, 당신 같은 사내는 난 싫어요."

하다가 제물에 자지러지게 웃는다. 그러더니 문득 편지 한 장을(물론 기숙생에게 온 러브 레터의 하나) 집어들어 얼굴에 문지르며,

"정 말씀이에요? 나를 그렇게 사랑하세요? 당신의 목숨같이 나를 사랑하세요? 나를, 이 나를."

하고 몸을 추스리는데 그 음성은 분명 울음의 가락을 띠었다.

"에그머니, 저게 웬일이야!"

첫째 처녀가 소곤거렸다.

"아마 미쳤나 보아, 밤중에 혼자 일어나서 왜 저러고 있을꼬."
둘째 처녀가 맞방망이를 친다…….
"에그, 불쌍해!"
하고 셋째 처녀는 손으로 권 때 모르는 눈물을 씻었다.

까막잡기

　　　　그것은 어렵지 않게 풀 수 있는 수수께끼였다. 눈을 감긴 이는 저의 애인과 함께 이 음악회에 왔으리라. 그런데 그들은 무슨 까닭으로든지 이 층층대 밑에서 남몰래 만나자고, 무슨 군호로—눈짓 같은 것으로 맞추었음이러라. 사내가 그 군호를 몰랐던지 그렇지 않으면 사내의 발길은 더디고 계집의 발길은 일러서, 층층대 아래서 학수가 어름어름하는 걸 보고 꼭 제 애인인 줄만 여겨서 아양피움으로 까막잡기를 하였으리라.

까막잡기*

"자네 음악회 구경 아니 가려나?"

저녁 먹던 말에 상춘은 학수를 꼬드겼다. 상춘은 사내보다 여자에 가까운 얼굴의 남자였다. 분을 따고 넣은 듯한 살결, 핏물이 도는 듯한 붉은 입술, 초승달 모양 같은 가늘고도 진한 눈썹, 은행 꺼풀 같은 눈시울—여자라도 여간 예쁜 미인이 아니리라. 그와 정반대로 학수의 얼굴은 차마 볼 수 없이 못생긴 얼굴이었다. 살빛의 검기란 아프리카의 흑인인가 의심할 만하다. 조금 거짓말을 보태면 귀까지 찢어졌다고 할 수 있는 입, 장도리*나 무엇으로 퍽퍽 찍어서 내려앉힌 듯한 콧대, 광대뼈는 불거지고, 뺨은 후벼 파 놓은 듯 그 우둘투둘한 품이 천병만마*가 지니긴 고전 전쟁터와 같은 느낌이 있었다. 이 미남과 추남의 표본이라고 할 만한 두 청년은 한고장 사람으로, 같이 ××전문학교에 다니는 터였다.

"오늘 저녁에 어디 음악회가 있나?"

"있구말구, 종로 청년회관에 학생 주최로 춘계 대음악회가 있다네. 종로로 지나다니면서 그 광고도 못 봤단 말인가. 참말이지 이번 음악회는 굉장하다네. 그 학당의 자랑인 꽃 같은 여학생들의 코러스*는 말할 것도 없거니와 조선서 음악깨나 한다는 사람은 총출이라데. 그리고 그 나라에서도 울렸다는 프오크 양의 독창도 있고 또 요사이 러시아에서 돌아온 리니코라이의 바

이올린 독주도 있고……."
 "여보게, 그만 늘어놓게. 그만 해도 기막히게 훌륭한 음악회인 줄 알겠네. 그러나 내가 어디 음악을 아는가. 내 귀에는 한다는 성악가의 독창이나 도야지 목 따는 소리나 다른 것이 없네. 바이올린으로 타는 좋다는 곡조나, 어린애의 앙알거리는 울음이나 마찬가지이데."
 "그래 음악회에 가기 싫단 말인가?"
 "자네 혼자서 다녀오게."
 "여보게, 음악은 모른다고 하더라도, 여학생 구경이라도 가세그려. 주최가 여학교측이고 보니, 그 학교 학생은 물론이겠고, 서울 안의 하이칼라 여학생은 다 끌어올 것일세" 하고 매우 초조한 듯이, "입장권은 내가 삼세. 음악이 싫거든 여학생 구경이라도 가세그려."
 "왜?"
 "왜라니, 여학생의 구경이라도 가자는밖에."
 학수는 뱉듯이,
 "여학생은 보아 쓸데가 무엇이란 말인가?"
 상춘은 펄쩍 뛰며,
 "쓸데란 말이 웬 말인가? 자네같이 쓸데 있는 것만 찾는다면 인생은 쓸쓸한 황야일 걸세. 캄캄한 그믐밤일 것일세. 아름다운

음악을 들으며 아름다운 여성을 보는 것이 벌써 시가 아닌가, 행복이 아닌가."

"시다? 행복이다? 흥, 내야 어디 자네같이 취미성이 있어야지." 빈정대는 듯이 이런 말을 하건마는, 찡그린 그 얼굴엔 말할 수 없는 고뇌의 그림자가 떠돌았다. 상춘은 제 동무의 말은 들은 체 만 체하고 꿈꾸는 듯하는 눈자위를 더욱 반들반들하게 적시며, 시나 읊조리는 어조로,

"여자는, 더구나 새로운 학문을 배우는 여학생은 인생이란 거친 들의 꽃일세. 어두운 밤의 불일세. 햇발이 왜 따스한 줄 아나? 그들의 가슴을 덥히기 위함일세. 달빛이 왜 밝은 줄 아나? 그들의 얼굴을 바래기 위함일세. 꽃이 피기도 그들의 눈을 기쁘게 하려는 까닭이요, 새가 울기도 그들의 귀를 즐겁게 하려는 까닭일세. 그런데……" 하고 잠깐 가쁜 숨을 돌렸다. 학수의 얼굴엔 고뇌의 그림자가 더욱더욱 짙어 가며 담박 울음이 터져나올 듯이 온 상판의 근육이 경련적으로 떨린다.

"듣기 싫네, 듣기 싫어. 그만 해도 자네가 시와 소설을 본 줄 알겠네."

"……그런데 말이지, 그들이 하나가 아니고, 둘이 아니고, 백여 명이 모였단 말이다. 생각을 해보게. 백여 명이 모였단 말이다. 그곳은 백화난만*한 꽃동산일 것일세. 거기 종달새 격으로

꾀꼬리 격으로 피아노가 운다, 바이올린이 껄떡인다. 그나 그뿐인가, 꽃 그것이 노래를 부르니 이게 낙원이 아니고 어디가 낙원이란 말인가. 거기 가기를 싫어하는 자네는 사람이 아닐세. 사내가 아닐세. 목석일세" 하고 상춘은 못 견디겠다는 듯이 벌떡 일어나 방 안을 왔다갔다한다. 그의 눈에는 쉴새없이 미소가 떠올랐다. 제 얼굴에 지나치게 자신을 가진 그는, 여성과 접촉을 안 했기에 망정이지 접촉만 하고 보면—불행한 일은 아직 여성과 흠씬 접촉해 본 일이 없었다—손끝 한 번 까딱해서, 눈 한 번 깜짝해서, 다 저에게 꿀 같은 사랑을 바치려니 생각한다. 젊고 어여쁘고 지식이 있고 마음이 상냥한 여성은 언제든지 저의 애인이 될 가능성이 있다. 그러므로 그들을 비난하거나 미워할 생각은 꿈에도 없었다. 따라서 그는 어디까지 여성 찬미자—더구나 새로운 학문을 배우는, 배운 여성의 찬미자였다. 그들의 말이 나오면 턱없이 흥분하는 법이었다.

"사람이 아니라도 좋고, 사내가 아니라도 좋네. 목석이라도 좋아. 음악회 구경도 싫고, 여학생 구경도 딱 싫으이."

마침내 학수도 버럭 화증을 내었다. "참말이지, 요새 여학생은 눈잔등이가 시어서 못 보겠데. 기름을 바를 대로 바르고, 왜 귀밑머리는 풀고 다니는지. 살찐 종아리 자랑인지는 모르지만, 왜 정강이까지 올라오는 잠방이*를 입고 다니는지. 발등뼈가 퉁

겨나와야 맛인가, 구두 뒤축은 왜 그리 높은지, 암만해도 까닭 모를 일이야. 옆에만 지나가도 그 퀴퀴한 향수 냄새란 구역질이 날 지경이다. 그리고 이름이 좋아서 하눌타리로 사랑은 자유라야 쓰느니, 연애는 신성한 것이니 하면서 얼굴만 반드레해도 고만 반하고, 피아노 한 채만 보아도 마음이 솔깃하고, 애꾸눈이라도 서양 갔다 온 사람이면 추파를 건넨다든가. 그런 천착하고 경박하고 허영에 뜬 년들에게 침을 게 흘리는 놈도 흘리는 놈이지. 그래, 그런 것들이 우글우글 끓는 음악회에 간단 말인가, 차라리 요귀가 끓는 지옥엘 가는 게 낫지. 바로 제가 젠체하고 단위에 올라서서 몸짓 고갯짓을 하면서 주리나장을 맞는 듯이 아가리를 딱딱 벌리는 꼴이란 장님으로 못 태어난 것이 한이 될 지경이다"라고 학수도 까닭 모를 흥분에 목소리를 떨며, 그 험상궂은 얼굴이 푸르락붉으락하며 부르짖었다. 제 스스로 제 얼굴이 다시 더 못생길 수 없이 못생긴 것을 잘 아는 그는, 여성을 대할 적마다, 저 아닌 남으론 상상도 못할 만큼 심각한 고통을 느꼈다. 여성의 시선이 제 얼굴에 떨어지면 못생긴 제 얼굴이 열 곱, 스무 곱 더 못생겨지는 듯싶었다. 조소와 멸시를 상상하지 않고는 여성의 눈길을 느낄 수 없었다. 이러구러 그는 어느결엔지 미소지니스트(여자를 미워하고 싫어하는 이)가 되고 말았다. 구식 여자보다 자유 연애를—저는 일평생 가야 맛보지 못할

자유 연애를 한다는 신식 여자가 더욱 밉고 싫고 침이라도 뱉고 싶을 만치 더럽고 추해 보였다.

상춘은 어이없어 학수를 바라보다가,

"여보게 웬 야단인가, 여학생하고 무슨 불공대천지 원수*나 졌단 말인가. 모욕을 해도 분수가 있지."

"아따, 그러면 자네는 여학생에게 무슨 재생지 은덕*이나 입었단 말인가, 왜 여학생이라면 사지를 못 쓰나?"

두 친구는, 잠깐 마주 보면서 입을 다물었다. 이윽고 상춘은 또 방 안을 거닐다가 화증난 듯이 문을 열고 튀 하고 침을 뱉었다. 봄밤이다. 생각에 젖은 처녀의 눈동자 같은 봄밤이다. 전등 불빛의 세력 범위를 벗어난 어스름한 마당 구석에는 달빛조차 어른거린다. 단성사인지 우미관인지 사람 모으는 젓대 소리*가 바람결에 들린다.

상춘에게는 일 찰나가 몇 세기나 되는 듯싶었다. 아름다운 음악회의 광경이 무지개같이 그의 머리에 비친다. 그는, 마치 애인과 밀회할 시간이 늦어 가는 사람 모양으로, 앉았다 일어섰다 조를 비빈다. 저 혼자 같으면 좋으련만 같이 있는 처지에 학수를 버리고 가는 것이, 실없는 말다툼으로 감정이나 낸 듯도 싶고, 그보다 많은 여자에게 제가 얼마나 잘난 것을 돋보이게 하려면 못생긴 동반자가 필요도 하였다. 그는 다시 제 동무를 달

래고 꼬드기고 조르기 시작하였다. 오늘 저녁이 봄밤인 것과, 이러고 틀어박혀 있을 때가 아닌 것과, 정 음악이 듣기 싫고 여학생이 보기 싫더라도 제 얼굴을 보아 가달라고 비수발괄하였다. 친구 따라 강남도 간다는데, 이렇게 청을 하는데 아니 갈 게 무어냐고 성도 내었다. 얼굴과 달라 마음은 싹싹한 학수라, 그렇게 조르는 친구의 청을 떨치기도 무엇하고, 또 얼만큼 상춘이의 달뜬 기분이 전염이 되어 혼자 빈 방을 지키기도 을씨년스러웠다. 마침내 학수는 싫으나마 도수장*에 끌려가는 소 모양으로 상춘을 따라서고 말았다.

상춘이와 학수가 음악회에 들어선 때에는 벌써 회를 여는 관현악이 아릴 적이었다. 만일 상춘이가 대분발을 해서 이 원을 내고 일등표 두 장을 사지 않았던들—그들은 일등표를 산 덕택에 바로 여자석 옆 악단 멀지 않게 자리를 잡을 수 있었다—구경도 못하고 돌아설 뻔하였다. 그다지도 모인 사람이 많았다. 상춘의 짐작과 틀리지 않아 자리를 반분하다시피 여자의 구경꾼도 많았다. 띄엄띄엄 쪽진 이와 땋은 이가 없지 않았으되, 대개는 푸수수한 틀애머리*의 꽃밭이었다. 그래 탐스럽게 핀 검은 목단화 송이의 동산이었다. 머리를 꽃송이에 견주면 뽀얀 목덜미는 그 흰 줄기이러라. 문에 쑥 들어서면서 이 송이와 줄기만 보아도 젊은이의 가슴은 이상하게 뛰놀았다.

　그윽한 향수와 기름내 많은 젊은 몸에서 발산하는 훈훈한 살내, 입내, 옷내—그곳의 공기는 온실과 같이 눅눅하고 향긋하고 따스하였다. 1분은 음악으로 하여, 9분은 이성으로 하여 모인 이들은 우단을 감는 듯한 포근한 느낌과 아지랑이에 싸인 듯한 황홀한 심사에 사라지며 있다. 이따금 파릇파릇 잎 나는 포플러 가지를 흔들고 온 듯한 바람이 우 하고 유리문을 찌걱거리면, 지금이 봄철인 것과, 꽃구경이 한창인 것과 오늘 저녁이야말로 음악 듣기에 꼭 좋은 밤임을 새삼스럽게 생각해내며, 공연히 마음이 놀아들 나서, 이성의 눈길은 더 많이 이성에게로 몰킨다.
　상춘은 아까부터 보아 둔 여학생이 하나 있었다. 그이는 모시 치마와 옥양목 저고리를 입은 얼굴 갸름한 처녀인데, 저와 슬쩍 한 번 눈길이 마주친 후로는 자꾸 저를 보는 듯하였다. 가장 잘 음악을 아는 체로 얼굴에 미소를 띠고 발로 박자를 맞추는 사이, 그이의 눈길은 꼭 저만 쏘고 있는 듯하였다.—고개만 돌리면 그와 나의 시선은 또 마주쳤다. 그는 부끄러워 얼굴을 붉혔다. 남에게 무안을 주는 것은 좋지 못한 일이다. 얼마든지 나를 보게 해두자. 아마도 나에게 마음이 끌린 모양이야. 얼마든지 보라지. 가만히 내버려둬.—열기 있고 짜릿짜릿한 눈살의 쏘임을 견디다 못 해서 상춘은 문득 고개를 돌렸다. 저편에서 어느 결에 눈결을 돌렸나? 그이의 눈은 저 아닌 바이올린을 켜는

이를 똑바로 보고 있다. 이제 이편에서 한동안 노리며, 보아 주기를 기다렸으나, 그이는 매우 감동된 듯이 눈을 번쩍이며 깽깽이 켜는 이의 손을 따르고 있을 뿐이었다. 빌어먹을! 하고, 성낸 듯이 제 고개를 돌이키자마자 어째 저편의 고개가 얼른 제편으로 돈 듯하였다. 또 놓쳐서 될 말인가 하고, 이번에는 날쌔게 돌아다보았다. 그 편의 눈은 한결같이 바이올린에 박혔을 뿐 몇 번을 고개를 바로세웠다 틀었다 해보건만 한결같이 그이의 눈은 저를 쏘지 않았다.

'나를 보지 않는군, 안 보면 대순가.' 화증낸 듯이 속으로 중얼거리고, 또 다른 눈 맞는 이를 찾아내려 하였다. 한참이나 헛되이 돌아다니던 눈이 얼마 만에 저를 보고 웃는 듯한 눈을 잡아내었다. 그이의 얼굴은 동그스름한데 아까 저 보던 이보다 몇 곱절이나 아름다운 듯싶었다. 옳다구나! 할 새도 없이 염통이 파득파득 소리를 내었다. 슬쩍 눈길을 피하였다가 슬쩍 눈길을 던지매, 그이는 시방도 웃기는 웃건마는 곁에 앉은 제 동무와 속살거리고 웃을 뿐이고 저를 보지는 않았다. 또 아까처럼 눈살을 놓았다 거두었다 하는 사이에 용하게 두 번째 그이의 눈을 맞출 수가 있었다.

'두 번이다, 두 번이야. 이번 것은 틀림없이 나한테 호의를 가졌나 보다.'

　상춘은 이렇게 확신있게 속살거리며, 사람이 헤어져 돌아갈 때에 문 앞에서 기다리면 그이가 나와 저를 보고 반겨 웃을 것과 저더러 같이 가자든가 그렇지 않으면 저를 따라올 것과 어떻게 꿀 같은 사랑을 맛볼 것을 생각하였다. 악수, 키스, 달밤에 산보, 꽃 사이의 헤매임—그림보다도 더 아름다운 정경을 역력히 그리고 있을 때였다.
　곁에 앉아 있던 학수, 신트림이나 올라오는 사람 모양으로 보기 싫게 찡그린 얼굴을 주체를 못 하는 듯이 숙였다 들었다 하며, 여자편과 외면을 하고 될 수 있는 대로 남자의 편을 향하고 있는 학수. 맡지 않으려 할수록 속을 뒤흔드는 이성의 냄새와 느끼지 않으려 할수록 몸에 서리는 이성의 훈기에 축축이 진땀이 흘렀다 어지러 한기가 들었다 하던 학수가, 한창 꿈결 같은 환상에 녹는 상춘의 옆구리를 꾹 찔렀다. 제 친구의 존재를 깜박 잊어버렸던 상춘은 발부리에서 메추라기*가 날아간 듯이 놀랐다.
　학수는 목 안에서 나는 듯한 그윽한 소리로,
　"여보게 상춘이, 여보게 상춘이, 여기 변소가 어딘가? 오줌이 마려워서 견딜 수 없네."
　"뭐?"
하고 상춘은 네 말을 못 알아듣겠다는 듯이 물끄러미 학수를 보

았다.

학수는 여간 급하지 않은 듯이,

"변소가 어디냔 말일세. 오줌이 마려워서 죽을 지경일세."

"뭐, 오줌이 마려워? 참게, 참아." 상춘은 뱉듯이 퉁을 주었다. 저의 꽃다운 환상을 이따위 일에 부순 것이 속이 상하였다.

"여보게, 인제 더 참을 수 없네. 여기 오는 말에 마려운 것을 이때까지 참았네. 인제 할 수 없네. 아랫배가 뻑적지근하게 아파 견딜 수가 없네."

"원, 사람도. 그러면 저 문으로 나가게."

상춘은 어처구니없이 픽 웃고는 악단의 오른편에 있는 조그마한 문을 가리키며, "나가면 오른편에 층층대가 있으니, 그리 나가면 거기 변소가 있네" 하였다.

학수는 엉거주춤하고 겸연쩍은 듯이 고개를 숙이고 가리키는 대로 그 문을 열고 밖으로 나왔다. 밝은 데 있다가 나온 까닭에 눈앞이 캄캄하였다. 손으로 더듬어서 층층대를 내려는 왔으나 어디가 어디인지 도무지 알 수가 없었다. 공장 옆에 있는 변소를 대강당 밑에서 찾으니 찾아질 리가 없었다. 헛되이 층층대를 끼고 얼무적얼무적하다가 하는 수 없이 '층층대 밑에라도……' 할 즈음이었다. 괴상하고 야릇한 일이 일어나기는 그때였다. 문득 뒤에서 똑, 찍, 똑, 찍 하는 소리가 들리자마자 방망이 같은

 무엇이 훌쩍 어깨를 넘을 겨를도 없이 등 뒤에 물씬한 것이 닿으며 보드랍고 싸늘한 무엇이 눈을 꼭 감긴다. 학수는 전신에 소름이 쭉 끼치며, 하도 놀래서 '악' 소리도 지를 수 없었다.
 "내가 누구예요?" 물어주기는 웃음과 함께 낮으나마 또렷또렷한 목성이 묻는다.
 "왜 아무 말도 않으셔요. 놀랐어요?" 하는 소리가 나면서 눈 가렸던 물건이 떨어진다. 일시에 등에 대었던 것도 떨어지며 가벼운 힘이 어깨를 흔들자 눈앞에 보얀 얼굴이 어른하였다. 이 불의에 나타난 괴물이 학수의 얼굴을 알아보자마자 그편에서도 매우 놀란 듯 "에그머니!" 하는 부르짖음과 함께 그 괴물은 천방지축으로 달아난다.
 학수는 얼없이 제 앞에 나는 듯이 떠나가는 괴물의 뒤꼴을 바라보고 있었다. 얼마 후 놀랐던 가슴이 가라앉은 뒤에야 시방 제 눈을 감기고 달아난 것이 결코 귀신도 아니요, 괴물도 아니요, 한갓 아름다운 여성임을 확실히 깨달을 수 있었다. 그러자, 그 여성의 닿았던 자리가 전기로나 지진 듯이 욱신욱신하고 근질근질해 온다. 무주룩하게 어깨를 누르는 팔뚝, 말신말신하게 등때기를 비비는 젖가슴, 위 뺨과 눈언저리에 왕거미 모양으로 붙었던 두 손을 참보다도 더 참다이 느낄 수 있었다. 그 근처의 공기조차 따스하고 향긋하게 코 안으로 기어드는 듯하였다.

 그는 몽유병자의 걸음걸이로 그 여자의 간 곳을 향해서 몇 걸음 걸어가 보았다. 그때에 찾고 찾아도 찾을 수 없던 뒷간인 듯한 집이 보였다. 그는 늘어지게 소변을 보고 몸이 날 듯이 가뿐해 오매 이 이상한 일의 까닭을 캐어 보았다.

 그것은 어렵지 않게 풀 수 있는 수수께끼였다. 눈을 감긴 이는 저의 애인과 함께 이 음악회에 왔으리라. 그런데 그들은 무슨 까닭으로든지 이 층층대 밑에서 남몰래 만나자고, 무슨 군호* 로—눈짓 같은 것으로 맞추었음이러라. 사내가 그 군호를 몰랐던지 그렇지 않으면 사내의 발길은 더디고 계집의 발길은 일러서, 층층대 아래서 학수가 어름어름하는 걸 보고 꼭 제 애인인 줄만 여겨서 아양피움으로 까막잡기를 하였으리라.

 이윽고, 그 층층대를 도로 올라와서 음악회에 통한 문을 여는 학수는 제 얼굴이 여지없이 못생긴 것과 여성에 대한 미움을 씻은 듯이 잊어버렸다. 전등불이 급작스럽게 밝아지며, 모든 사람이 저에게 호의 있는 시선을 보내는 듯하였다. 그 중에도 여자들은 미소를 보내는 듯하였다. 바이올린은 이미 끝났음이러라. 어느 양녀 하나가 뽀얀 손가락을 북같이 쏘대이게 하며 피아노를 치고 있다. 전 같으면 시덥지 않을 그 악기의 소리가 제 가슴 속의 무슨 은실 같은 것을 스쳐서 어느 결엔지 멋질린* 발길이 춤추는 듯이 박자를 맞춘다.

　그는 바로 여자석의 옆 걸상에 있는 제자리에 한 두어 걸음 남겨 놓고, 걸상 줄 밖에 나온 어느 여학생의 구두코를 지척하고* 밟아 버렸다. 학수는 그 얼굴에 애교를 넘쳐 흘리며 제 잘못을 사과하였다. 그 여학생은 당황히 발을 끌어들이며 괜찮다고 하였다. 발 밟힌 이의 얼굴이 아무 일도 아니 일어난 것처럼 새침하게 바꾸어진 뒤에도 발 밟은 이는 사과를 되풀이하며 빙글빙글 웃는다. 그 여학생은 한번 힐끗 학수를 쳐다보더니 고개를 푹 숙이고는 제 옆 동무를 꾹 찌르며 웃는다. 제자리에 앉는 학수도 자기의 한 일이 가장 재미있고 우스운 것같이 킬킬 소리를 내어 웃었다. 그러는 가운데 언뜻 깨달으니 그 여학생이 갈 데 없는 제 눈을 감기던 사람 같았다. 북받치는 웃음으로 하여 가늘게 떠는 그의 동그스름한 어깨, 서너 올의 머리카락이 하늘거리는 보얀 귀밑—그렇다, 그렇다, 분명히 그 여자다. 내 눈을 감기고 달아난 그 여자다, 하였다. 이런 생각을 하고 있을 때 그 여학생이 입을 비죽비죽하는 웃음을 간신히 참으며, 또 한 번 학수의 편을 보았다. 그의 광대뼈가 조금 내민 것을 알아보자, 학수는 그이가 아니로구나 하고, 고개를 쩔레쩔레 흔들었다.
　찡그린 상판을 남자 쪽으로 향하고 있던 학수는 인제 번쩍이는 얼굴을 여자 편에게로만 돌려서, 저와 까막잡기하던 이를 찾기에 골몰하였다. 여러 번 그이인 듯한 여학생을 찾아내었건만,

눈썹이 경성드뭇도 하고, 입이 크거나 작거나 하고, 이마가 좁기도 하며, 코가 높거나 낮거나 해서, 정말 그이를 알아맞힐 도리가 없었다. 그릇 알았든, 옳게 알았든 비록 눈도 한 번 못 깜짝일 짧은 동안이라 할지라도 저를 애인으로 생각해 준 그 여자는 여성으로서의 모든 아름다움을 갖추고 있었을 듯하였다.

상춘은 상춘으로 그 얼굴이 동그스름한 여학생과 눈을 맞추며 기뻐하고 있었다. 시선이 마주치기가 벌써 네 번이나 된다.

음악회는 그럭저럭 끝나고 말았다.

상춘은 저와 네 번이나 눈이 마주친 그이를 기다리면서, 학수는 혹 제 동무들과 휩쓸리어 나올런지 모르는, 제 눈 갔기던 그이를 기다리면서, 두 청년은 청년회관 문 앞에 서 있다…….

상춘의 그이는 나왔다. 무슨 할 말이나 있는 듯이 상춘은 한 걸음 다가들었지만, 그이는 거들떠보지도 않고 제 갈 데로 가 버렸다. 나오는 이 족족 새로이 얼굴을 검사해 보았건만 학수의 그이는 없었다.

사람들이 다 헤어진 뒤에도 잘난이와 못난이는 사라지려는 아름다운 꿈을 아끼는 듯이 우두커니 서 있었다.

아까 음악당의 유리창을 삐걱거리던 바람은 획획 먼지를 날리며 포플러 가지를 우쭐거리게 한다. 반 남아 서쪽에 기울어진 초승달은 색시의 파리한 뺨 같은 모양을 구름자락 사이에 드러

내었다.

"달이 있군." 상춘은 하늘을 쳐다보며 한숨지었다. "시방, 집에 가면 잠 오겠나? 우리 종로를 한번 휘 돌까?"

두 청년은 걷기 시작하였다. 광화문통까지 올라갔다가 도로 내려왔다. 그들이 묵고 있는 집은 사동(寺洞)에 있었다.

"음악회란 기실 아무것도 보잘게 없어. 그 많은 여학생 가운데 하나나 그럴 듯한 게 있어야지." 상춘은 탄식하는 듯이 이런 혼자말을 하였다.

"왜, 그렇게 가자고 사람을 들볶더니."

"갈 적에는 좋았지만 나와 보니 그런 싱거운 일이 없네그려, 돈 이 원만 날아갔는걸."

"나는 재미있던데."

상춘은 턱없이 빙글빙글하는 학수를 바라보며 의아한 듯이,

"왜, 음악회라면 대경질색*을 하더니?"

"딴 음악회는 다 재미없어도 오늘 것은 매우 재미있었어······ 그런데 여보게, 사랑 맡은 귀신은 장님이라지?"

"그것은 왜 묻나?"

"글쎄 말일세."

"그렇다네. 사랑을 하면 곧 이성의 눈이 감긴단 말이겠지."

"흥, 그러면 나는 오늘 저녁에 사랑을 하였는걸. 사랑 맡은 귀

신의 은총을 입었는걸."
"사랑을 하였다니?"
"흥, 세상에는 이상한 일도 있지."
"무슨 일이 그렇게 이상하단 말인가?"
"이야기할까?"
"이야기할 테면 하게그려." 상춘은 별로 흥미가 끌리지 않는 듯하였다. 학수는 주춤 걸음을 멈추더니, 다짜고짜로 등 뒤에서 상춘의 눈을 감기었다.
"이게 무슨 미친 짓인가?" 상춘은 놀라 부르짖었다.
"내가 사내가 아니고 여자일 것 같으면 자네 마음이 어떠하겠나?"
"그게 다 무슨 소리인가?"
"오늘 음악회에서 어느 여자가 나를 그리 했다네."
상춘은 어이없이 웃으며,
"예끼, 미친 사람……."
"미치기는 누가 미쳐. 왜, 거짓말인 줄 아나?" 하고 학수는 입에 침이 없이 아까 층층대 밑에서 일어난 일의 자초지종을 이야기하였다.
호기의 눈을 번쩍이고 있던 상춘은, 얘기가 끝나자 웬일인지 그 여자를 여지없이 타매하였다. 어디 밀회할 곳이 없어서 그

어둠침침한 층층대 밑에서 그런 짓을 하느냐는 둥, 그런 년이 있기 때문에 여학생의 풍기가 문란하다는 둥, 필연 여학생의 모양을 한 은근짜나 갈보라는 둥, 내가 그런 일을 당했으면 꼭 붙들어 가지고 망신을 주었으리라는 둥, 그리 못한 학수가 반편이라는 둥…….

"왜 셈이 나나? 생각을 해보게, 보들보들한 손이 살짝 내 눈을 가리었단 말이지. 내 등에 그 따뜻한 가슴이 닿았단 말이지, '내가 누구예요?' 하는 그 목소리! 그야말로 꾀꼬리 소리란 말이지……" 하고 학수는 못 견디겠다는 듯이 몸을 비꼬자마자 상춘을 부둥켜안았다.

"이 사람이 정말 미쳤나?" 하고, 상춘은 사정없이 뿌리쳤다. 학수는 넘어질 듯이 비틀비틀하면서 허허 하고 소리쳐 웃었다. 그들은 벌써 사동 입구에 다다랐다.

상춘은 부인상회로 무슨 살 것이나 있는 듯이 들어간다. 어디 갔다가 돌아오는 길에는 이 상회를 거치는 것이 그의 버릇이었다. 전일엔 상춘이가 암만 졸라도 좀처럼 들어가지 않던 학수이건만 오늘 밤에는 서슴지 않고 상춘을 따라 들어설 수 있었다.

상회에 들어온 뒤에도 학수의 온 얼굴에 퍼진 웃음의 그림자는 사라지지 않았다. 이 꼴을 보고 상춘은 의미있게 웃고는, 병글거리는 이를 슬며시 경대를 벌려 둔 데로 끌고 와서 귀에 대

고 소곤거렸다.

"여보게, 거울을 좀 보게."

벙글거리던 이는 무심코 거울을 들여다보았다―저놈이 웬 놈인가. 지옥의 굴뚝에서 튀어나온 아귀 같은 상판으로 빙그레 웃는 저놈이 웬 놈인가. 입은 찢어진 듯이 왜 저리 크며, 잔등이 옴폭한 콧구멍은 왜 저리 넓은가. 학수는 제 앞에 나타난 이 추(醜)의 그것 같은 괴물을, 차마 제 자신으로 생각할 수 없었다. 얼마 전에 사랑 맡은 여신의 은총을 입은 제 자신으로 생각할 수 없었다. 그러나, 이 더할 수 없이 못생긴 괴물이야말로 갈 데 없는 저임에 어찌하랴. 다른 사람 아닌 제 본체임에 어찌하랴?

그의 눈앞은 갑자기 한 그믐밤같이 캄캄하였다.

발

■ 놈은 지금 발 살 생각은 조금도 없었다. 홀린 이의 청이니 사주기는 사줄지라도 요릿집에서 돌아오는 길에 살 작정이었다. 그러나 년이 들어서는 바에야 저도 들어서는 수밖에 없었다. 이런 것 저런 것 허청으로 고르는 체하다가 그 중의 하나를 집어들고 값을 물어 보았다.

발

 기억이 좋은 분은 작년 여름 야시*에서 순사*가 발 장수를 쳐 죽인 사단*을 잊지 않았으리라. 그때 모든 신문은 이 기사로 거의 3면의 전부를 채웠고, 또 사설에까지 격월 신랄한 논조로 무도한 경관의 폭행을 여지없이 비난하고 공격하였었다. 온 세상도 이 칼자루의 위풍을 빌어 무고한 양민을 살해한 놈을 절치부심*하였었다. 더구나, 그 무참하게도 목숨을 빼앗긴 이야말로 씻은 듯한 가난뱅이이며, 온 집안 식구를 저 한 손으로 벌어 먹여 살리던 그가 비명 횡사를 하고 보니, 그의 가족은 무엇을 먹고 살 것이랴. 그 아내되는 이는 어린 자식 넷을 데리고 병든 몸을 끌며 거리에 구걸하는 수밖에 다른 도리가 없는 형편임을 알 때에, 세상에 뜨거운 동정은 피해자에게 보이는 일변으로, 이 참극을 일으킨 흉한에게 대한 미움은 한층 더 심해지고 한층 더 심해졌다. 일 저지른 이가 법에 따라 상해 치사죄로 5년이란 긴 세월의 징역 언도를 받았건만, 그래도 공분은 풀리지 않았었다. 경관이라 해서 법률을 굽혔다고 판결에 불만을 품은 이까지 있었다. 이대도록 가해자에 대한 민중의 감정은 사람으로 가질 수 있는 한 끝까지 가는 미움이었다.
 그러나 그 속살을 자세히 알고 보면 이 극흉 극악한 죄인도 그리 미워하지 못하리라. 센티멘털한 이 같으면 한 방울 눈물조차 아끼지 않으리라. 그 또한 주어서 받지 못한 사랑의 가련한 희

생자이기 때문이다.

 서울이 객지인 그가 머물고 있던 여관은 금부 뒷골에 있었는데, 여관이라 해도 드러내 놓고 손을 치는 게 아니라, 아는 이만 알아서 찾는 객주*라면 객주요, 염집*이라면 염집이었다. 그 집에 어쩐지 비밀이 있는 듯하고, 어쩐지 사람의 마음을 달뜨게 하고, 어쩐지 야릇한 희망을 품게 하는 일종 기괴한 분위기가 떠돌았다. 이 분위기는 그 집을 한번 방문만 한 분이면 대개 느낄 수 있으리라. 문간에서,
 "이리 오너라."
하고 부르면,
 "게 누구시오."
하는 간드러진 목소리가 받는다. 이 소리만 들어도 협협한 사내의 마음은 뜬다. 짝짝하고 신 끄는 소리가 나자, 늘 닫혀 있는 중문이 바시시 열리며, 평양식으로 얹은 머리를 한 여편네가 찰찰 넘을 듯한 애교의 웃음을 띤 얼굴만을 나타낸다. 그 얼굴은 분명히 사십을 훨씬 지난 얼굴이로되, 유달리 붉은 입술과 뺨이 화냥기를 띠고 사람을 끈다. 그는 주인 노파이다. 그리고 또 중문 안까지 쑥 들어선 이면 기름으로나 닦았는지 반들반들한 마루, 뒤주, 그 위에 차곡차곡 얹어 놓은 윤 나는 항아리들, 그보

다도 북창이 터진 곳에 흔히 기생집에서 볼 수 있는 목제 일본 경대가 눈에 뜨이리라. 여러 가지 기름병, 여러 가지 분갑을 실은 그 경대만 보고, 못 견디리만큼 그 임자에 대한 호기심을 품는 이는 매우 불행한 사람이다. 대개는 팔뚝까지 올라간 지지미 속적삼 바람으로 그 경대 앞에서 머리를 빗든지 분을 바르든지 하는 그 임자를 어렵지 않게 볼 수 있으니까. 스물이 되었을까 한 그 여자는 시집을 갔다가 못 살고 왔다기도 하고, 기생 노릇을 하다가 그만두었다기도 하는 주인 노파의 딸이다.

　전체가 좀 장황한 듯하지만, 그 집의 짜임짜임도 설명 안 할 수 없다. 광하고 대문간이 있는 채는 따로 떨어졌는데, 이 한 채를 떼어 보면 그 집은 하릴없는 고부래 정(丁)자 모양으로 생겼다. 건넌방 다음에 사 간 대청이 있고, 그 다음에 안방이 있는데, 머릿방과 합해서 삼 간이 되는 안방이 앞으로 쑥 내민 곳에 부엌이 딸려서 몸채는 ㄱ자로 꺾였다. 뒤꼍을 돌아보지 않는 이는 그 집이 통히 그뿐인 줄 알지마는 실상은 그렇지 않아 안방—안방이라느니보다 머릿방 뒤를 옆으로 대어서 또 이 간 마루가 있고, 그 마루가 끝난 곳에 나란히 방 둘이 있다. 이 뒤채와 통래를 하자면 부엌 뒷문과 머릿방 옆을 뚫는 쌍바라지*가 있을 뿐이다.

　일 일어날 임시엔 건넌방에 학생들이 기숙을 하고, 안방은 물

론 주인 노파가 있고, 딸은 머릿방에 거처하고, 뒤채의 첫째 방에는 문제의 순사가 들었고, 둘째 방에는 이십칠팔 세 됨직한 청년 신사―그 집에선 김 주사라고 부르는 이가 들어 있었다. 그 김 주사는 귀공자답게 해사한 얼굴의 임자인데, 오정 때 가까이 일어나 면도질이나 하고 하이칼라 머리를 반지레하게 지꾸나 바르기에 해를 지우는 걸 보면 하는 노릇은 없는 듯하건만, 양복을 벌벌이 걸어 두고 사흘돌이로 갈아 입으며, 돈도 풍성풍성하게 쓰는 것을 보면 아마 시골 부자의 자제인 듯하다.

일 일어나기 전날 밤 새벽 두 시, 뒤채의 첫째 방에선 드르렁드르렁 코 고는 소리가 난다. 둘째 방 문이 소리 없이 열리자 김 주사의 셔츠만 입은 도깨비 같은 모양이 나타나더니, 옆방의 숨소리에 주의를 하며 발끝으로 가만가만히 걸어서 열려 있는 머릿방 쌍바라지 안으로 사라진다. 전등불이 환한 머릿방 분홍 모기장에 주인의 딸이 잠이 들었다. 모시 겹이불이 꾸김꾸김해져서 발치에 밀린 것은 잠결에 차 던졌음이리라. 정강이까지 올라간 지지미 속곳, 팔뚝까지 올라간 지지미 적삼, 그것도 더웠던지, 하부시 단추를 빼어 보얀 젖가슴을 아른아른히 드러내었다. 모기장의 분홍색 반영(反映)으로 말미암아 봄날의 꿈빛 같은 발그레한 그림자가 슬쩍 한껏 가는 이 자극을 덮어서 그곳의 정경

을 한층 더 농염(濃艶)하게 하고, 고혹(蠱惑)되게 하고, 풍정 있게 하고 있다.

 방 안에 들어서자, 조용하게 또는 황급하게 쌍바라지를 닫고 난 사내는 계집의 자는 양을 물끄러미 바라보더니, 제가 얼마나 복된 사람임을 새삼스럽게 느끼는 듯이 싱그레 웃다가 모기장을 들치고 들어온다. 사내의 입술이 계집의 입술에 닿았을 때, 자던 이는 놀라며 눈을 크게 뜬다. 김 주사인 줄 알아보자 계집은 안심된 듯이 떴던 눈을 다시 스르르 감을락말락하고 방그레 웃으며,

 "나는 누구라고."
하였다.
 "왜 순산 줄 알았던?"
 "그래요. 나 그 원수엣놈이 또 왔는가 하였지."
 계집은 이런 말을 하고 제 어미를 닮아 유달리 붉은 입술을 둥글게 벌려 하품을 한 번 하더니, 포동포동하게 살찐 손으로 얼굴을 몇 번 비비고, 지나치게 숱 많은 눈썹을 몇 번 찡긋찡긋하자 쾌히 잠을 깬다. 쌍꺼풀진 눈알엔 조금 붉은 기가 도는 듯하다. 년은 말끝을 이어 간드러지게,
 "그런데, 왜 인제야 오셨수? 밤이 퍽 늦었지?"
 "벌써 올 마음이 굴뚝 같았지만, 그 빌어먹을 놈이 세상에 자

야지. 인제야 자는가 하고 귀를 기울이면 궐련 피우는 소리가 났다가, 한숨 쉬는 소리가 났다가, 부스럭부스럭 몸 비비대는 소리가 났다가…… 너한테 몹시도 반했나 보더라."

"흥, 속없는 사내."

하고 년은 코웃음을 웃는다. 놈도 웃으며,

"그런데, 저녁에 놈팡이가 너더러 무에라고 그렇게 지절대던?"

"살다가 별꼴을 다 보아. 선술집 신세를 졌는지 술이 잔뜩 취해 가지고 남의 방에 턱 들어오더니만, 누가 청이나 한 듯이 제 신세 타령을 늘어놓겠지, 나이 삼십에 아직 장가도 못 들었다는 둥, 집에는 아버지도 안 계시고 홀어머니뿐이라는 둥…… 또 그 꼴에 제 칭찬이 장관이지. 경관 노릇 삼 년에 남 못할 일 한번 한 법 없어도 근무라든가 뭐라든가를 착실히 했다나. 그래서, 윗사람에게 잘 보여서 내월이면 경부*가 되겠고, 경부가 되면 한 달에 팔십 원 벌이는 된다든가 만다든가…… 이러고 한참을 씩둑꺽둑*하더니, 아닌 밤중에 홍두깨 내밀기로 남의 손을 덥석 쥐며 같이 살자고 하겠지……."

"그래서?"

"아주 눈에 눈물을 글썽거리며, 내가 무슨 노릇을 한들 너 하나야 못 먹여 살리겠나, 경부가 되거든 고향으로—제 고향이 인

천이라나—전근을 시켜 달라고 해서 둘이 재미있게 살자꾸나. 어머니 한 분 계신대야 육십이 넘은 노인이시고 단둘의 살림이라 편할 대로 편히 해주마고, 꿀을 담아 붓는 소리로 수단껏 꾀이겠지."

"그래, 너는 무에라고 대답을 했니?"

"차차 생각해 보아야 알겠다고 하였지."

"생각해 본다긴, 딱 거절을 해버리지 않구."

"어이구, 그런 숙덕*이라도 그래도 순사 나으리의 행투가 있다고. 공연히 비위를 거슬렸다가 마음에 꼭 끼면 어쩌게. 슬슬 간장이나 녹여 주는 게 낫지."

"에끼, 요악한 년 같으니, 허허허."

하고 놈은 불시에 년을 껴안는다. 변통 없이 제 것임을 누구에게 자랑이나 하듯이 그들의 입술은 몇 번 붙었다 떨어졌다 하였다.

"그런데, 놈팡이가 우리 둘이 이러는 줄 알면 여북 속이 상할까?"

"그 천치가 한 달을 같이 있어도 눈치를 못 알아채겠지, 하하하…… 인제 고만 놓아요, 남 더워 죽겠구먼…… 이 땀 보아."

년은 벌떡 일어나 앉아 활활 부채질을 하다가,

"아이, 더워 죽겠네. 저 쌍바라지를 열까?"

"열다가 그놈이 엿보면 어쩌게?"
"자는데 어떨려구."
"그래도 깰는지 아나?"
"그럼 어찌해?"
"어떨까…… 문을 열고 네 치마로 가릴까?"
"이런 바보, 치마로 가리면 바람이 어디로 들어오게."
"발 같은 것을 쳤으면 좋겠군."
"어디 발이 있어야지."

불쌍한 우리 주인공은 이런 사연을 꿈에도 몰랐다. 그 이튿날, 그날이야말로 무서운 운명의 검은 손이 저의 덜미를 잡을 줄은 모르고 '생각해 보마' 한 계집의 말을 반승낙으로 생각한 그는 복된 희망에 가슴을 두근거리며 근무 시간을 보낼 수 있었다. 그날인즉 스무하루 월급날, 밥값을 치르고 남은 돈으로 장래 아내에게 무슨 선사를 할까 하는 것이 큰 궁리였다. 금 반지를 사다 줄까, 옷감을 끊어다 줄까, 양산을 사다 줄까…… 이런 생각에 그는 때때로 정신을 잃고 멀거니 먼 산을 바라보고 있었다. 금반지와 옷감엔 돈이 조금 모자라고 양산은 있는 모양, 차라리 저녁에 데리고 나와서 야시로 산보나 하다가 탑동 공원 안에 있는 청목당 지점에 들어가서, 어디 조용한 방을 치우고 권커니

잣거니 웃고 즐기다가 반승낙을 온승낙으로 바꾸는 게 나으리라고 생각하였다.

저녁을 먹고 사복을 갈아 입은 그는 작정한 대로 실행하려 하였다.

"몹시 덥고 하니 야시에나 나가 바람이나 쏘이고 들어올까요?"

하고 얼굴을 붉으락푸르락하며 무심한 듯이 말을 붙여 보았다. 의외에 저편이 선선히 승낙하였다.

"그래 볼까요. 그런데, 청이 하나 있는걸요."

"무슨 청이십니까?"

"딴 청이 아니라, 발 하나만 사주어요."

저편은 이편이 깜짝 놀랄 만큼 뒷방에까지 들릴 큰 소리로 불쑥 이런 말을 하였다. 그래도 눈치 없는 이편은 그런 무관한 청을 받는 것만 어떻게 기쁜지 몰랐다. 온승낙을 받을 전조(前兆)와도 같았다. 이편의 입이 저절로 벌어지느라고 저편의 얼굴이 떨며 지나가는 비소의 경련을 알아볼 길이 없었다.

"사드리구말구."

년은 다정한 듯이 놈의 곁으로 바싹 다가들어 눈으로 제 방의 쌍바라지를 가리키며 귀에 대고 속살거렸다.

"나으리 혼자만 계시면 저 문을 그대로 열어 놓은들 어떠랴마

는 딴 손님이 계시니까 어디 만만해요? 닫자니 덥고……."
"암, 그렇지. 그래."
 사랑에 취한 이는 지당한 말씀이라는 듯이 고개를 수없이 끄덕거렸다.

 사랑하는 이를 데리고 나선 이에겐 와락와락 찌는 듯한 공기도 시원하였다. 작달막한 키가 급작스럽게 커지고 까무잡잡한 얼굴이 희어지며 얽은 구멍조차 막히는 듯하였다. 통히 못생긴 저는 간 곳이 없고, 아름답고 훌륭하고 헌칠한 사내가 그의 속에 깃들이고 말았다. 앙바틈하고* 짤막한 다리를 길고 곧기나 한 듯이 흥청흥청 내어던질 제, 종로가 비좁게 왔다갔다하는 어느 사람보다도 제가 복 많고 잘난 듯싶었다. 동글게 뭉친 어깨를 바짝 뒤로 젖혀서 닭의 무리에 섞인 봉이나 무엇같이 도고한* 맷거리*를 빼었다. 그리 크지 않은 얼굴을 어마어마하게 찌푸렸는데, 그 표정은 마치 '너희는 몰라도 나는 경관님이시다. 내게 손가락 하나라도 대었단 봐라. 내 사랑이 보는 앞에서 내 위엄을 알려줄 테다' 하는 듯하였다.
 야시에 벌여 있는 모든 것이 그의 흥미를 끌었다. 철물전 앞에도 걸음을 멈추었다. 허섭스레기* 책 파는 데에서 책을 뒤적뒤적하기도 하고, 과일전에서 과일을 들었다 놓기도 하였다. 경매

발 135

하는 데서 어름어름도 하고, 구경꾼들을 둘러 세우고 약을 파는 광고장의 연설에도 귀를 기울였다……. 장래 아내와 어깨를 겨누고 지나는 시간을 한시라도 오래 끌고 싶었음이다. 예정한 계획대로 한시바삐 아늑한 요릿집에 들어갈 생각이야 간절하였으되, 그것은 너무도 행복한 일이어서 얼른 실행하기가 아까운 듯하였다. 마음이 조마조마도 하였다. 확실무의하게 제 앞에 놓인 행복이니 꼭 부여잡을 시간을 잠깐 늘인들 어떠하리. 그래 가지고 얼마 아니 되어 끔직한 행복이 닥쳐온다는 자릿자릿한 예감을 맛본들 어떠하리.

이럴 즈음에 년의 목적한 바 발전*이 거기 있었다.

"여기 발전이 있군요."

하고 년은 아까 띠운 비소를 또 한번 띠우며 전 앞으로 들어선다. 놈은 지금 발 살 생각은 조금도 없었다. 홀린 이의 청이니 사주기는 사줄지라도 요릿집에서 돌아오는 길에 살 작정이었다. 그러나 년이 들어서는 바에야 저도 들어서는 수밖에 없었다. 이런 것 저런 것 허청으로 고르는 체하다가 그 중의 하나를 집어들고 값을 물어 보았다.

"삼 원만 내십시오."

"오십 전만 주지."

하고 놈은 년을 향해 웃어 보였다.

"그건 말이 됩니까, 아닙시오."
하고 발 장수는 기막힌 듯이 한번 웃고는 먼 산을 본다. 그 태도가 조금 비위에 거슬렸으되, 어처구니없이 값을 깎은 것을 생각하고 웃고 일어설 수 있었다. 그 전을 한 뒤 걸음 떠나가자 그 장수를 한번 보기 좋게 닦아세우지 못한 것이 후회가 났다. 계집 앞에서 제 위엄과 세력을 보일 꼭 좋은 기회를 잃은 것이 원통하였다. 남과 시비 한마디도 똑똑히 못 하는 반편으로나 알지 않을까 하매, 몹시 높던 제가 문득 납작해진 듯해서 불쾌하기 짝이 없었다. 어찌하든지 분풀이를 하리란 생각이 그의 마음속 어디엔가 움직이고 있었다.

얼마 가지 않아서 두 번째 발전이 거기 있었다. 한 사십 됨직한 성미 괄괄하게 생긴 그 주인은 무슨 화증나는 일이 있는지 (모르면 모르되 흥정 없는 까닭이리라) 잔뜩 얼굴을 찌푸리고 속상하는 듯이 곰방대에 담배를 떨고 넣고 한다. 년놈은 또 발을 이것저것 고르다가 아까 모양으로 값을 물었다.

"이 원 팔십 전이오."
"오십 전에 파우."
주인은 시커먼 눈알맹이를 한번 희번덕하더니 순사의 손에 든 발을 낚아채며,
"이런 제길, 도둑놈 뒷전에서만 물건을 사보았단 말인가. 이

원 팔십 전 내라는 걸 단 오십 전 받으란다."

귀부인을 모신 기사에게는 더할 수 없는 모욕이었다. 순사는 바르르 몸을 떨다가 빽 소리를 질렀다.

"이놈, 무엇이 어쩌고 어째? 장수가 에누리하는 것도 예사고, 손님이 깎는 것도 예사지."

앉았던 장수는 벌떡 일어선다.

"이놈이라니, 남의 물건을 사면 사고 말면 말았지 누구더러 이놈저놈, 다리 뼉다귀를 분질러 놓을 놈 같으니."

경관의 얼굴엔 벌컥 피가 올랐다.

"왜 이러셔요. 그만두어요."

하고, 팔목을 잡아당기는 년의 손을 뿌리칠 겨를도 없이 이편의 손은 저편의 뺨을 갈겼다.

"이놈, 날 누군 줄 알구."

"에쿠, 이놈이 사람 친다."

는 고함과 함께 저편의 반항하는 손길도 이편의 뺨에 올라붙었다. 계집 데린 이는 눈에서 불이 번쩍 났다. 그의 분노는 머리 끝까지 사무쳤다. 생채기를 입은 경관의 자존심, 더구나 똥칠한 계집에 대한 체면이 그로 하여금 물인지 불인지 모르게 하고 말았다. 입 안에 버글하고 거품이 돌자 퉁겨 나온 눈망울에 쌍심지를 켜며 두 주먹과 두 다리가 허산바산 장수의 몸에 붙었다

떨어졌다 하였다. 장수는 턱없이 맞고 있을 리 없었다.
"이놈, 네 명색이 뭐냐?"
는 푸념을 섞어 가며 그편의 팔과 다리도 놀지 않았다. 한동안,
"에쿠! 에쿠!"
하는 소리가 그곳의 공기를 무섭게 뒤흔들고 있었다. 이윽고 발 장수가 악, 하고 외마디 소리를 치자마자 팍 그 자리에 거꾸러진다. 순사의 곧은 발길이 그의 ○○을 들어가 질렀음이라. 그때에 위지 삼잡* 에워싼 구경꾼을 헤치고 정복 순사가 들어왔다.

그는 걷고 발 장수는 엇들리어 경찰서로 갔다. 그날 밤이 채 새지 않아 발 장수는 구류간*에서 죽고 말았다.

그가 수감(收監)*되던 날 저녁, 김 주사와 주인의 딸은 애저녁부터 한시름 잊은 듯이 부채를 맞부치며 머릿방에 누워 있다.
"내 말이 어때요, 그런 숙덕이라도 다 제 행투가 있지 않아요."
"제 행투가 있으면 쓸데 있나, 때여가는데*······."
"어쩌면 사람을 쳐죽이고, 아이 무서워."
"아주 표독한 놈이야. 사람을 어디 칠 데가 없어서 하필 ○○을 찬담."
"때여가기 전 연이틀은 꼭 제 방에서 처박혀서 꿍꿍 앓기만 하더니 오늘 아침엔 샛노란 얼굴로 또 내 방에 스르르 들어오겠

지. 들어와서 하는 말이 또 장관이야. 이번 일은 꼭 내 잘못이니 같이 나갔다고 행여 미안하게 생각지 말라나 어쩌라나."

"그럼 제 잘못이지 뉘 잘못인고. 미안하긴 왜? 시러베아들 놈."

"그리고 또 이것 좀 봐요. 제 지은 죄는 모르는지, 잘하면 육 개월 살 터이고 오래 살아야 일 년만 살면 나올 테니, 그때까지 기다리겠느냐 하겠지, 하하하. 사람이 우스워 죽지."

"쓸개 빠진 놈, 허허허. 그래?"

"기다려 보지요, 하였지."

"기다려 보지요가 묘한걸."

이런 수작을 주고받는데 그 방의 쌍바라지는 발 없어도 인제 무방하다는 듯이 열려 젖혀 있었다……

피아노

"나…… 칠 줄 몰라." 모기 같은 소리로 속삭거린 아내의 두 뺨에는 물이 흐르며, 눈에는 눈물 그림자가 어른거렸다. "그것을 모른담." 남편은 득의양양한 웃음을 웃고는, "내 한번 치지" 하고 피아노 앞에 앉았다. 궐도 이 악기를 매만질 줄 몰랐다. 함부로 건반 위를 치훑고 내리훑을 따름이었다. 그제야 아내도 매우 안심된 듯이 해죽 웃으며 이런 말을 하였다. "참, 잘 치십니다그려."

피아노

궐*은 가정의 단란에 흠씬 심신을 잠기게 되었다. 보기만 하여도 지긋지긋한 형식상의 아내가 궐이 일본 ×××대학을 졸업하자마자 불의에 죽고 말았다.

궐은 중등 교육을 마친 어여쁜 처녀와 신식 결혼을 하였다.

새 아내는 비스듬히 가른 머리와 가벼이 옮기는 구두 신은 발만으로도 궐에게 만족을 주고 남았다. 게다가 그 날씬날씬한 허리와 언제든지 생글생글 웃는 듯한 눈매를 바라볼 때에 궐은 더할 수 없는 행복을 느꼈다. 살아서 산 보람이 있었다.

부모의 덕택으로 궐은 날 때부터 수만 원 재산의 소유자였다. 수 년 전 부친이 별세하시자 무서운 친권의 압박과 구속을 벗어난 궐은 이제 맏형으로부터 제 모가치를 타기로 되었다. 새 아내의 따뜻한 사랑을 알뜰살뜰히 향락하기 위함에 번루* 많고 방해 많은 고향 ××부를 떠난 궐은 바람 끝에 꽃 날리는 늦은 봄에 서울에서 신살림을 차리기로 되었다.

우선 한 스무남은 간 되는 집을 장만한 그들은 다년의 동경대로, 포부대로 이상적 가정을 꾸미기에 노력하였다. 마루는 도화심목(桃花心木) 테이블을 놓고, 그 주위를 소파로 둘러 응접실로 만들었다. 그리고 안방은 침실, 건넌방은 서재, 뜰 아랫방은 식당으로 정하였다. 놋그릇은 위생에 해롭다 하여 사기그릇, 유리그릇만 사용하기로 하고 세간*도 조선의(朝鮮衣)걸이, 삼층장

같은 것은 거창스럽다 하여 전부 폐지하였다. 누구든지 그 집에 들어서면 첫눈에 띄는 것은 마루 정면 바람벽 한가운데 놓인 큰 체경 박힌 양복장과 그 양편 화류목으로 만든 소쇄한* 탁자에 아기자기 얹힌 사기그릇, 유리그릇이리라.

식구라야 단 둘뿐인데 찬비(饌婢)*와 침모를 두고 보니 지어미가 해야 할 일은 없었다. 지아비로 말하자면 먹을 것이 넉넉한 다음에야 인재를 몰라 주는 이 사회에 승두미리(蠅頭微利)*를 다툴 필요도 없었다. 독서, 정담, 화원(花園), 키스, 포옹이 그들의 일과였다.

이외에 그들의 일과가 있다고 하면, 이상적 가정에 필요한 물품을 사들이는 것이리라.

이상적 아내는 놀랄 만한 예리한 관찰과 치밀한 주의로써 이상적 가정에 있어야만 할 물건을 찾아내었다. 트럼프, 손톱 깎는 집개 같은 것도 그 중요한 발견의 하나였다.

하루는 아내는 그야말로 이상적 가정에 없어선 안 될 무엇을 깨달았다. 그것은 내가 어째 이때까지 그것 생각이 아니 났는고, 하고 스스로 놀랄 만한 무엇이었다.

홀로 제 사색이 주도면밀한 데 연거푸 만족의 미소를 띠우며, 마침 어디 출입하고 없는 남편의 돌아옴을 기다리기에 제삼자로서는 상상도 할 수 없이 지리하였다.

　남편이 돌아오자마자 아내는 무슨 긴급한 일을 하려는 사람 모양으로 회오리 바람같이 달겨들었다.
　"나 오늘 또 하나 생각했어요."
　"무엇을?"
　"그야말로 이상적 가정에 없지 못할 물건이에요!"
　남편은 빙그레 웃으며,
　"또 무엇을 가지고 그러우?"
　"알아맞혀 보세요."
　아내의 눈에는 자랑의 빛이 역력하였다.
　"무엇일까……."
　남편은 먼 산을 보기도 하고, 이리저리 세간을 둘리도 보며 진국으로 이윽히 생각하더니 면목 없는 듯이,
　"생각이 아니 나는걸……."
하고 무안한 안색으로 또 한 번 웃었다.
　"그것을 못 알아맞히세요?"
　아내는 뱉듯이 한마디를 던졌다. 한동안 남편의 얼굴을 생글생글 웃는 눈으로 물끄러미 바라보고 있다가 무슨 중대한 사건을 밀고하려는 사람 모양으로 입술을 남편의 귀에다 대고 소곤거렸다.
　"피아노!"

"옳지! 피아노!"

남편의 대몽(大夢)*이 방성(方醒)하였다는 듯이 소리를 버럭 질렀다. 피아노가 얼마나 그들에게 행복을 줄지는 상상만 하여도 즐거웠다. 멍하게 뜬 남편의 눈에는 벌써 피아노 건반 위로 북같이 쏘대이는 아내의 뽀얀 손이 어른어른하였다.

그후, 두 시간이 못 되어 훌륭한 피아노 한 채가 그 집 마루에 여왕과 같이 임어(臨御)하였다.

지어미, 지아비는 이 화려한 악기를 바라보며, 기쁨이 철철 넘치는 눈웃음을 교환하였다.

"마루에 무슨 서기(瑞氣)*가 뻗힌 듯한걸요."

"참 그래, 온 집안이 갑자기 환한 듯한걸."

"그것 보세요, 내 생각이 어떤가."

"과연 주도한걸, 그야말로 이상적인 아내 노릇 할 자격이 있는걸."

"하하하……."

말끝은 웃음으로 마쳤다.

"그런데, 한번 쳐볼 것 아니오. 이상적 아내의 음악에 대한 솜씨를 좀 봅시다그려."

하고 사나이는 행복에 빛나는 얼굴을 아내에게로 향하였다. 계집의 번쩍이던 얼굴은 갑자기 흐려지고 말았다. 궐녀의 상판은

피로 물들인 것같이 새빨개졌다.
 궐녀는 억지로 그런 기색을 감추려고 애를 쓰며, 기어들어가는 목소리로,
 "먼저 한번 쳐보세요."
 이번에는 사나이가 서먹서먹하였다. 답답한 침묵이 한동안 납덩이같이 그들을 누르고 있었다.
 "그러지 말고 한번 쳐보구려. 그렇게 부끄러워할 거야 무엇 있소."
 이윽고 남편은 달래는 듯이 말을 하였다.
 그러나 그 소리는 자리가 잡히지 않았다.
 "나…… 칠 줄 몰라."
 모기 같은 소리로 속삭거린 아내의 두 뺨에는 물이 흐르며, 눈에는 눈물 그림자가 어른거렸다.
 "그것을 모른담."
 남편은 득의양양한 웃음을 웃고는,
 "내 한번 치지."
하고 피아노 앞에 앉았다. 궐도 이 악기를 매만질 줄 몰랐다. 함부로 건반 위를 치훑고 내리훑을 따름이었다. 그제야 아내도 매우 안심된 듯이 해죽 웃으며 이런 말을 하였다.
 "참, 잘 치십니다그려."

고향

■ "썩어 넘어진 서까래, 뚤뚤 구르는 주추는! 꼭 무덤을 파서 해골을 헐어 젖혀 놓은 것 같더마. 세상에 이런 일도 있는기오? 백여 호 살던 동리가 십 년이 못 되어 통 없어지는 수도 있는기오, 후!" 하고 그는 한숨을 쉬며, 그때의 광경을 눈앞에 그리는 듯이 멀거니 먼 산을 보다가 내가 따라 준 술을 꿀꺽 들이켜고 "참! 가슴이 터지더마, 가슴이 터져." 하자마자 굵직한 눈물 뒤 방울이 뚝뚝 떨어진다. 나는 그 눈물 가운데 음산하고 비참한 조선의 얼굴을 똑똑히 본 듯싶었다.

고향

　대구에서 서울로 올라오는 차 안에서 생긴 일이다. 나는 나와 마주 앉은 그를 매우 흥미있게 바라보고 또 바라보았다. 두루마기 격으로 기모노를 둘렀고, 그 안에서 옥양목* 저고리가 내어 보이며, 아랫도리엔 중국식 바지를 입었다. 그것은 그네들이 흔히 입는 유지* 모양으로 번질번질한 암갈색 피륙으로 지은 것이었다. 그리고 발은 감발*을 하였는데 짚신을 신었고, 고부가리로 깎은 머리엔 모자도 쓰지 않았다. 우연히 이따금 기묘한 모임을 꾸미는 것이다. 우리가 자리를 잡은 찻간에는 공교롭게 세 나라 사람이 다 모였으니, 내 옆에는 중국 사람이 기대었다. 그의 옆에는 일본 사람이 앉아 있었다. 그는 동양 삼국 옷을 한몸에 갖은 보람이 있어 일본말도 곧잘 철철대이거니와 중국말에도 그리 서툴지 않은 모양이었다.
　"도꼬마데 오이데 데쓰까?(어디까지 가십니까?)"
하고 첫마디를 걸더니만, 동경이 어떠니, 오사카가 어떠니, 조선 사람은 고추를 끔찍이 많이 먹는다는 둥, 일본 음식은 너무 싱거워서 처음에는 속이 뉘엿거린다*는 둥, 횡설수설 지껄이다가 일본 사람이 엄지와 검지 손가락으로 짧게 끊은 꼿꼿한 윗수염을 비비면서 마지못해 까땍까땍하는 고개와 함께 "소오데쓰까(그렇습니까)"란 한마디로 코대답을 할 따름이요, 잘 받아주지 않으매, 그는 또 중국인을 붙들고서 실랑이를 하였다. "니상나

얼취―*"니싱섬마"* 하고 덤벼 보았으나 중국인 또한 그 기름 낀 뚜우한* 얼굴에 수수께끼 같은 웃음을 띨 뿐이요 별로 대꾸를 하지 않았건만, 그래도 무에라고 연해 웅얼거리면서 나를 보고 웃어 보였다.

그것은 마치 짐승을 놀리는 요술쟁이가 구경꾼을 바라볼 때처럼 훌륭한 제 재주를 갈채해 달라는 웃음이었다. 나는 쌀쌀하게 그의 시선을 피해 버렸다. 그 주절대는 꼴이 어줍지 않고 밉살스러웠다. 그는 잠깐 입을 닫치고 무료한 듯이 머리를 덕억덕억 긁기도 하며, 손톱을 이로 물어뜯기도 하고, 멀거니 창 밖을 내다보기도 하다가, 암만 해도 주절대지 않고는 못 참겠던지 문득 나에게로 향하며, "어디꺼정 가는기오?"라고 경상도 사투리로 말을 붙인다.

"서울까지 가요."

"그런기오. 참 반갑구마. 나도 서울꺼정 가는데. 그러면, 우리 동행이 되겠구마."

나는 이 지나치게 반가워하는 말씨에 대하여 무어라고 대답할 말도 없고, 또 굳이 대답하기도 싫기에 덤덤히 입을 닫쳐 버렸다.

"서울에 오래 살았는기오?"

그는 또 물었다.

"육칠 년이나 됩니다."
조금 성가시다 싶었으되, 대꾸 않을 수도 없었다.
"에이구, 오래 살았구마. 나는 처음길인데 우리 같은 막벌이꾼이 차를 내려서 어디로 찾아가야 되겠는기오? 일본으로 말하면 기진야도* 같은 것이 있는기오?"
하고 그는 답답한 제 신세를 생각했던지 찡그려 보았다. 그때, 나는 그의 얼굴이 웃기보다 찡그리기에 가장 적당한 얼굴임을 발견하였다. 군데군데 찢어진 경성드뭇한* 눈썹이 올올이 일어서며, 아래로 축 처지는 서슬에 양미간에는 여러 가닥 주름이 잡히고, 광대뼈 위로 뺨살이 실룩 실룩 보이자 두 볼은 쭉 빨아는다. 입은 소태나 먹은 것처럼 왼편으로 삐뚤어지게 찢어 올라가고, 조이던 눈엔 눈물이 괸 듯 삼십 세밖에 안 되어 보이는 그 얼굴이 십 년 가량은 늙어진 듯하였다. 나는 그 신산스러운* 표정에 얼마쯤 감동이 되어서 그에 대한 반감이 풀려지는 듯하였다.

"글쎄요. 아마 노동 숙박소란 것이 있지요."
노동 숙박소에 대해서 미주알고주알 묻고 나서,
"시방 가면 무슨 일자리를 구하겠는기오?"
라고 그는 매달리는 듯이 또 채쳤다.*
"글쎄요. 무슨 일자리를 구할 수 있을는지요."

나는 내 대답이 너무 냉랭하고 불친절한 것이 죄송스러웠다. 그러나 일자리에 대하여 아무 지식이 없는 나로서는 이외에 더 좋은 대답을 해줄 수가 없었던 것이다. 그 대신에 나는 은근하게 물었다.

"어디서 오시는 길입니까?"

"흠, 고향에서 오누마."

하고 그는 휘 한숨을 쉬었다. 그러자 그의 신세 타령의 실마리는 풀려 나왔다. 그의 고향은 대구에서 멀지 않은 K군 H란 외따른 동리였다. 한 백 호 남짓한 그곳 주민은 전부가 역둔토*를 파먹고 살았는데, 역둔토로 말하면 사삿집* 땅을 부치는 것보다 떨어지는 것이 후하였다. 그러므로 넉넉지는 못할망정 평화로운 농촌으로 남부럽지 않게 지낼 수 있었다. 그러나 세상이 뒤바뀌자 그 땅은 전부가 동양척식회사*의 소유에 들어가고 말았다. 직접으로 회사에 소작료를 바치게나 되었으면 그래도 나으련만, 소위 중간 소작인이란 것이 생겨나서 저는 손에 흙 한번 만져 보지도 않고 동척엔 소작인 노릇을 하며, 실작인*에게는 지주 행세를 하게 되었다. 동척에 소작료를 물고 나서 또 중간 소작인에게 긁히고 보니, 실작인의 손에는 소출*의 삼 할도 떨어지지 않았다. 그후로 '죽겠다' '못살겠다' 하는 소리는 중이 염불하듯 그들의 입길에서 오르내리게 되었다. 남부여대*하고

　타처로 유리*하는 사람만 늘고, 동리는 점점 쇠진해 갔다.
　지금으로부터 구 년 전, 그가 열일곱 살 되던 해 봄에(그의 나이는 실상 스물여섯이었다. 가난과 고생이 얼마나 사람을 늙히는가) 그의 집안은 살기 좋다는 바람에 서간도로 이사를 갔었다. 쫓겨가는 운명이거든 어디를 간들 신신*하랴. 그곳의 비옥한 전야*도 그들을 위하여 열려질 리 없었다. 조금 좋은 땅은 먼저 간 이가 모조리 차지하였고, 황무지는 비록 많다 하나 그곳 당도하던 날부터 아침거리 저녁거리 걱정이라, 무슨 행세로 적어도 일 년이란 장구한 세월을 먹고 입어 가며 거친 땅을 풀 수가 있으랴. 남의 밑천을 얻어서 농사를 짓고 보니, 가을이 되어 얻는 것은 빈 주먹뿐이었다. 이태 동안을 사는 것이 아니라 억지로 버티어 가다가 그의 아버지는 우연히 병을 얻어 타국의 외로운 혼이 되고 말았다. 열아홉 살밖에 안 된 그가 홀어머니를 모시고 악으로 악으로 모진 목숨을 이어 가는 중 사 년이 못 되어 영양 부족한 몸이 심한 노동에 지친 탓으로 그의 어머니 또한 죽고 말았다.
　"모친꺼정 돌아갔구마."
　"돌아가실 때 흰죽 한 모금도 못 자셨구마."
　하고 이야기하던 이는 문득 말을 뚝 끊는다. 그의 눈이 번들번들함은 눈물이 쏟아졌음이리라.

 나는 무엇이라고 위로할 말을 몰랐다. 한동안 머뭇머뭇이 있다가 나는 차를 탈 때에 친구들이 사준 정종병 마개를 빼었다. 찻잔에 부어서 그도 마시고 나도 마셨다. 악착한* 운명이 던져 준 깊은 슬픔을 술로 녹이려는 듯이 연거푸 다섯 잔을 마신 그는 다시 말을 계속하였다.

 그후 그는 부모 잃은 땅에 오래 머물기 싫었다. 신의주로, 안동현으로 품을 팔다가 일본으로 또 벌이를 찾아가게 되었다. 규슈* 탄광에 있어도 보고, 오사카 철공장에도 몸을 담아 보았다. 벌이는 조금 나았으나 외롭고 젊은 몸은 자연히 방탕해졌다. 돈을 모을래야 모을 수 없고, 이따금 울화만 치받치기 때문에 한 곳에 주접*을 하고 있을 수 없었다. 화도 나고 고국 산천이 그립기도 하여서 훌쩍 뛰어나왔다가 오래간만에 고향을 둘러보고 벌이를 구할 겸 서울로 올라가는 길이라 한다.

 "고향에 가시니 반가워하는 사람이 있습니까?"
나는 탄식하였다.
 "반가워하는 사람이 다 뭔기오, 고향이 통 없어졌더마."
 "그렇겠지요. 구 년 동안이면 퍽 변했겠지요."
 "변하고 뭐고 간에 아무것도 없더마. 집도 없고, 사람도 없고, 개 한 마리도 얼씬을 않더마."
 "그러면, 아주 폐농이 되었단 말씀이오?"

"홍, 그렇구마. 무너지다 만 담만 즐비하게 남았즈마. 우리 살던 집도 터야 안 남았는기오만 찾아도 못 찾겠더마. 사람 살던 동리가 그렇게 된 것을 혹 구경했는기오?"
하고 그의 짜는 듯한 목은 높아졌다.
"썩어 넘어진 서까래, 뚤뚤 구르는 주추*는! 꼭 무덤을 파서 해골을 헐어 젖혀 놓은 것 같더마. 세상에 이런 일도 있는기오? 백여 호 살던 동리가 십 년이 못 되어 통 없어지는 수도 있는기오, 후!"
하고 그는 한숨을 쉬며, 그때의 광경을 눈앞에 그리는 듯이 멀거니 먼 산을 보다가 내가 따라 준 술을 꿀꺽 들이켜고
"참! 가슴이 터지더마, 가슴이 터져."
하자마자 굵직한 눈물 둬* 방울이 뚝뚝 떨어진다.
나는 그 눈물 가운데 음산하고 비참한 조선의 얼굴을 똑똑히 본 듯싶었다.
이윽고 나는 이런 말을 물었다.
"그래, 이번 길에 고향 사람은 하나도 못 만났습니까?"
"하나 만났구마. 단지 하나."
"친척되는 분이던가요?"
"아니구마. 한이웃에 살던 사람이구마."
하고 그의 얼굴은 더욱 침울했다.

"여간 반갑지 않으셨겠지요."

"반갑다마다. 죽은 사람을 만난 것 같더마. 더구나 그 사람은 나와 까닭*도 좀 있던 사람인데……."

"까닭이라니?"

"나와 혼인 말이 있던 여자구마."

"하아!"

나는 놀란 듯이 벌린 입이 닫혀지지 않았다.

"그 신세도 내 신세만이나 하구마."

하고 그는 또 이야기를 계속하였다.

그 여자는 자기보다 나이 두 살 위였는데, 한이웃에 사는 탓으로 같이 놀기도 하고, 싸우기도 하며 자라났다. 그가 열네 살 적부터 그들 부모들 사이에 혼인 말이 있었고, 그도 어린 마음에 매우 탐탁하게* 생각하였었다. 그런데 그 처녀가 열일곱 살 된 겨울에 별안간 간 곳을 모르게 되었다. 알고 보니, 그 아비되는 자가 이십 원을 받고 대구 유곽*에 팔아 먹은 것이었다.

그 소문이 퍼지자, 그 처녀 가족은 그 동리에서 못 살고 멀리 이사를 갔는데, 그후로는 물론 피차에 한 번 만나 보지도 못하였다.

이번에야 빈 터만 남은 고향을 구경하고 돌아오는 길에 읍내에서 그 아내 될 뻔한 댁과 마주치게 되었다. 처녀는 어떤 일본

사람 집에서 아이를 보고 있었다. 궐녀*는 이십 원 몸값을 십 년 두고 갚았건만 그래도 주인에게 빚이 육십 원이나 남았는데, 몸에 몹쓸 병이 들어 나이 늙어져서 산송장이 되니까, 주인되는 자가 특별히 빚을 탕감*해 주고, 작년 가을에야 놓아 준 것이었다. 궐녀도 자기와 같이 십 년 동안이나 그리던 고향에 찾아오니까, 거기에는 집도 없고, 부모도 없고 쓸쓸한 돌 무더기만 눈물을 자아낼 뿐이었다. 하루 해를 울어 보내고 읍내로 들어와서 돌아다니다가, 십 년 동안 한 마디 두 마디 배워 두었던 일본말 덕택으로 그 일본 집에 있게 되었던 것이었다.

"암만 사람이 변하기로 어째 그렇게도 변하는기오? 그 숱 많던 머리가 훌렁 다 벗어졌더마. 눈은 푹 들어가고, 그 이들이들 하던 얼굴빛도 마치 유산*을 끼얹은 듯하더마."

"서로 붙잡고 많이 우셨겠지요."

"눈물도 안 나오더마. 일본 우동집에 들어가서 둘이서 정종만 열 병 따라 뉘고 헤어졌구마."

하고 가슴을 짜는 듯한 괴로운 한숨을 쉬더니만 그는 지낸 슬픔을 새록새록*이 자아내어 마음을 새기기에 지쳤음이더라.

"이야기를 다 하면 무얼 하는기오."

하고 쓸쓸하게 입을 다문다. 나 또한 너무도 참혹한 사람살이를 듣기에 쓴 물이 났다.

"자, 우리 술이나 마자 먹읍시다."
하고 우리는 주거니 받거니 한 되 병을 다 말리고 말았다. 그는 취흥에 겨워서 우리가 어릴 때 멋모르고 부르던 노래를 읊조렸다.

볏섬이나 나는 전토는
신작로가 되고요─
말 마디나 하는 친구는
감옥소로 가고요─
담뱃대나 떠는 노인은
공동 묘지 가고요─
인물이나 좋은 계집은
유곽으로 가고요─

사립 정신병원장

■ W군은 사립 정신병원의 사무가 바빠 나를 전송도 해주지 못하였다. 그런 일이 있은 후 다섯 달 가량 지났으리라. 나는 L군으로부터 편지를 받았다.

……군이 마침내 미치고 말았다. 그는 오늘 아침에 P군을 단도로 찔러 그 자리에 죽이고 말았네. P군의 미친 칼에 죽을 뻔하던 그는 도리어 P군을 죽이고 만 것일세…….

사립 정신병원장

생각하면 재작년 겨울 일이다. 나는 오래간만에야 고향에 돌아갔었다. 십여 호가 넘던 일가집들이 가을 바람에 나부끼는 포플러 잎보다도 더 하잘것없이 흩어진 오늘날에야 말이 고향이지 기실 쓸쓸한 타향일 따름이다. 비록 초가일망정 이십여 간이나 되는 우리 집도 다섯 간 오막살이로 찌그러들어 성 밖 외딴 동리에 초라하게 남았고, 거기는 칠순에 가까운 아버지와 사십이 넘은 계모가 턱을 고이고 앉았을 뿐, 아들도 남부럽지 않게 많지마는 제 입 풀칠하기에 바쁜 그들 중에 부모님 봉양할 이는 하나도 없었던 것이다. 몇 달 만에야 한 번, 몇 해 만에야 한 번 집 안으로 기어드는 자식은 자식이 아니요, 손님이다. 쌀밥 한 그릇 고깃국 한 대접을 만들어 먹이기에 아버지와 어머니가 얼마나 고심하는 것을 잘 아는 나는 얼른 데밀어다보고는 선선히 일어서는 것이 항례이었다. 그러나 내가 여기서 내 시세와 우리 집안 형편을 늘어놓자는 것은 아니다. 음산하고 참담한 내 동무 하나의 이야기를 기념 삼아 적어 두자는 것이다.

  아버지 집을 총총히 뛰어나온 나의 발길은 몇 아니 되는 친구가 구락부 삼아 모이는 L군의 사랑으로 향하였다. 그들은 무조건으로 나를 환영해 주었다. 반가움, 즐거움은 이야기의 즐거움으로 옮겨 갔다. 서울 형편 이야기, 글 이야기를 비롯하여 친구들의 가정에 일어난 에피소드까지 우리의 화제에 올랐다.

 "W군이 어째 보이지 않나. 요새도 은행에 잘 다니나?"
 나는 그 사랑의 단골 축의 하나인 W군의 소식을 물어 보았다.
 "이번 정리 통에 그나마 미역국을 먹었네."
하고 주인되는 L군이 얼굴을 찌푸린다. 나는 그 말을 듣고 놀랐다. 이 W군으로 말하면 그야말로 헐길할길 없는 형편이었다. 본디 서발 막대 거칠 것 없는* 가난한 집안에 태어난 그는 열여덟 살 때에 백부에게로 출계*를 하게 되었다. 양자 간 덕택으로 즉시 장가는 들 수 있었으나 사람 좋은 양부는 남의 빚봉수*로 말미암아 씩씩지 않은 시골 살림이 일조에 판들고* 말았다.
 그는 처가에 몸을 의탁하는 수밖에 없게 되었다. 그러나 처가 또한 넉넉지 못한 형세이다. 조반석죽*도 궐할* 때가 많았다. 넉넉한 처가살이도 하기 어렵다 하거든 하물며 가난한 처가살이랴. 목으로 넘어가는 밥 한 알 두 알이 바늘과 같이 그의 창자를 찔렀으리라. 이토록 고생에 부대끼면서도 그는 얼굴 한번 찡그리는 법이 없었다.
 그는 언제든지 싱글싱글 웃었다. 그는 말 한마디를 해도 웃지 않고는 못 배기는 낙천가였다. 서울에 올라와서 고학을 할 때 살을 에어내는 듯한 겨울날 속옷을 빨다가 손이 몹시 쓰리면 그는 벌떡 일어나 손을 쩔레쩔레 흔들며,

"이놈의 손가락이 별안간에 왜 뻣뻣해지나."
하고는 웃었다. 밥을 짓다가 연기가 눈으로 들어가면 눈물이 그렁그렁한 눈을 비비면서도 그는 히히 하고 웃기를 잊지 않았다. 그 대신 그의 몸은 여지없이 말라 갔다. 뼈하고 가죽으로만 접한 듯한 얼굴은 바늘로 찔러도 피 한 점 날 것 같지 않았다. 가장 기쁜 듯이 웃을 때면 입가는 마치 누비를 누벼 놓은 듯이 여러 가닥 주름이 잡히었다.

만사를 웃고 지내는 그이건만 처가살이는 견디지 못하였던지 작년 봄에 남의 협호*를 얻어 자기 식구를 끌고 나왔다. 백관으로 살림을 차리고 보니 그 군색한 것이야 당자 아닌 남으론 상상노 못할 일이 있었으리라. 있는 친구에게 쌀되를 꾸어 가면서 그날그날을 보내던 중 여러 가지로 주선한 끝에 T은행의 고원*으로 채용이 되었었다. 이십오 원이란 월급이 비록 적지마는 그들의 가정에겐 생명의 줄이었다. 그런데 그 줄이나마나 끊어졌으니 그는 또 무엇을 하며 지낼 것인가. 더구나 그는 벌써 열두 살 먹은 맏딸, 여덟 살 되는 둘째 딸, 네 살 먹은 아들의 아버지가 아니냐.

"그러면 무엇을 먹고 산단 말인가."
나는 탄식하였다.
"요새는 사립 정신병원장이 되셨지요."

하고 익살 잘 부리는 S군이 낄낄 웃었다. 온 방 안은 이 말에 떽대그르 웃었다.

"사립 정신병원장이라니?"

나는 웬 까닭을 몰라서 재쳐 물었다.

"출근 오전 칠 시, 퇴근 오후 육 시, 집무중 면회 절대 사절, 일시라도 환자의 곁은 떠나지 못할지니 변소 출입도 엄금……."

하고 S군이 북받치는 웃음을 못 참을 때 방 안에 웃음소리는 또 한 번 높아졌다.

S군의 설명을 들으면 W군에게 P란 친구가 있었다. 워낙 체질이 나약한 그는 어릴 적부터 병으로 자라났다. 성한 날이라고는 단지 하루가 없었다. 가난한 집 자식 같으면 땅김을 벌써 맡았으련마는 다행히 수천석꾼의 외동아들로 태어난 덕택에 삼과 녹용의 힘이 그의 끊어지려는 목숨을 간신히 부지해 왔었다. 자식이 그렇게 허약하거든 장가나 들이지 않았으면 좋을걸 재작년에 혼인을 한 뒤부터 그의 병세는 더욱더 처진 모양이었다. 금년 봄에 첫딸을 낳은 뒤론 그는 실성실성 정신에 이상이 생기고 말았다.

미치고 보니 자연히 찾아오는 친구도 없고 부모 친척까지 그와 오래 앉아 있기를 꺼리게 되었다. 그렇다고 병자를 내보낼 수도 없고 혼자 한 방에 감금해 두는 것도 또한 염려스러운 일

이다. 그래 W군이 '사립 정신병원장'이 된 것이다. 날이 맞도록 미친 이의 말벗이 되고 보호병 노릇을 하는 보수로 W군은 한 달에 쌀 한 가마니, 돈 십 원씩을 받게 된 것이다.

'사립 정신병원장!' 나는 속으로 한번 외워 보았다. 나의 가슴은 한 그믐밤같이 캄캄해졌다.

그날 저녁에는 W군을 만났다.

"원장 영감, 인제야 퇴근하셨습니까?"

하고 S군은 또 낄낄댄다. 방 안에 다시금 웃음이 터졌다. W군도 또한 빙그레 웃었으되 그 샛노란 얼굴엔 잠깐 검은 그림자가 지나가는 듯하였다.

"오늘은 별일 없었나?"

친구들은 W군을 중심으로 둘러앉으며 L군이 물었다. 그들의 눈에는 호기심이 번쩍이었다.

"여보게, 말도 말게, 오늘은 정말 혼이 났네."

하고 W군은 역시 싱글싱글 웃는다.

"왜?"

여러 사람의 눈은 휘둥그레졌다.

"지랄이 점점 늘어가나 보네. 오늘은 문을 첩첩이 닫고 늘 하는 그 지랄을 하더니만 칼을 가지고 나를 찌르려고 덤비데."

"칼은 또 웬 칼인고."

"낮에 밤 깎으라고 내온 것을 어느새 집어넣었던가 보데."
"그래 그 칼을 빼앗았나?"
"그까짓 것 안 빼앗으면 어떨라고. 설마 미친 놈이 사람 죽이겠나."
하고 W군은 또 웃었다. 그러나 그의 몸은 웬일인지 추운 듯이 떨고 있었다.
"자네도 좀 실성실성하이그려, 미친 놈이 사람을 죽이지 성한 놈이 사람을 죽이나."
거기 모인 친구의 하나인 K군이 그 귀공자다운 흰 얼굴이 조금 푸르러지며 이런 말을 하였다.
"성한 사람 같으면 푹 찌르지만 칼을 들고 남의 목을 겨누며 한참 지랄을 하더니 그대로 퍽 쓰러지데그려."
"자네 오늘은 운수가 좋았네. 문을 첩첩이 잠그고 그 어둠침침한 방 안에서 정말 찔렀으면 어쩔 뻔했나."
하고 L군은 아찔아찔한 듯이 몸서리를 친다.
"문을 왜 처잠그는가?"
나는 또 설명을 요구하였다.
"자네는 참 모를 걸세."
하고 W군은 설명해 주었다.
P의 증세는 소위 공인증(恐人症)*이란 것이었다. 천연스럽게

앉아 있다가 문득 눈을 홉뜨고 그 백지장 같은 얼굴이 파랗게 질려 가지고
 "아이구, 저놈들이 또 온다. 아이구, 저놈이 나를 잡으러 온다."
라고 황급하게 중얼거리며 숨을 곳을 찾는 듯이 방 안을 썰썰 매다가
 "여보게 W군 문 좀 닫아 주게."
하고 비대발괄*하는 법이었다.
 그러면 W군은 하릴없이 사랑 중문을 닫고, 그들이 있는 방문이란 방문은 미닫이며 덧창이며 바깥문까지 모조리 닫아 걸어야 한다. 그래서 방 안이 침침해지면 개한테 쫓긴 닭 모양으로 방 한구석에 고개를 처박고 있던 미친 이는 고개를 번쩍 들고 사면을 두리번두리번 살핀다. 그러다가 별안간,
 "히, 히, 히, 히."
라고 마디마디 끊어진 웃음을 웃는다.
 이 웃음소리를 따라 그의 홉뜬 눈이 점점 번들번들해지자,
 "이놈들아, 너희들이 나를 잡아가. 어림 반푼어치 없어, 히, 히, 히."
하면서 소리를 고래고래 지르다가 한 시각 가량 지나면 제풀에 지쳐서 그대로 쓰러지는 법이었다.

그런데 오늘도 법대로 또한 문을 다 잠그고 한참 발광을 하다가 문득 품속에서 창칼을 쓱 빼어 들더니 W군에게 달려들어 그 칼을 목에다 겨누며,
"이 죽일 놈, 네가 나 잡으러 온 것이지. 이놈, 내 칼에 죽어 보아라."
하고 소리소리 지르다가 다행히 그대로 쓰러졌다고 한다.
"자네 오늘 십 년 감수는 했겠네."
하고 L군이 소리를 떨어뜨린다.
"글쎄, 원장 노릇도 못해 먹겠는걸."
하고 W군은 또 히히 웃어 보이었다.
K군의 주최로 그날 밤에 우리는 해동관이란 요릿집에 가게 되었다. 일행이 거의 다 외투를 걸쳤지만 W군 홀로 옥양목 겹두루마기자락을 찬 바람에 날리며 가는 다리를 꼬는 듯이 하며 걸어가는 양이 눈물겨웠다.
요리상은 벌어졌다. 셋이나 부른 기생의 기름내와 분내가 신선로 김과 한데 서리었다. 장구 소리와 가야금 가락이 서로 어우러지자 한가한 고로 웅장한 단가며 멋지고 구슬픈 육자배기 단 입김과 함께 둥둥 떠돌았다.
술은 여러 차례 돌았건만 나는 조금도 취해지지를 않았다. W군의 존재가 어쩐지 나의 마음을 어둡게 하였다. 첫째로 그의

주량이 나를 놀라게 하였다. 서울에서 고학하던 시절, 학비를 넉넉히 갖다 쓰는 친구가 청요릿집*으로 가난한 놀이를 하려면 강권하는 것을 떨치다 못하여 배갈* 한 잔에 누런 얼굴이 홍당무로 변하며 그대로 쓰러지던 그였다. 그런데 오늘 저녁엔 비록 정종*일망정 열 잔이 넘었으되 조금도 취하는 기색이 보이지 않았다. 빼빼 마른 팔뚝을 반만 걷어 요리상 위에 세운 채 기생이 따라 주는 대로 그는 꿀꺽꿀꺽 들이켜고 있었다.

"자네 웬 술을 그렇게 먹나."

마침내 나는 W군을 향해서 의아한 듯이 물었다.

"왜 나는 술도 못 먹는 줄 알았나."

하며 W군은 또 히히 웃이 보이있다.

"여보게, W군 술이 어떤 줄 알고 그런 말을 하나. 한 동이를 가지고는 못 가도 먹고는 간다네. 식전에 해장도 세 사발은 먹어야 견디네."

S군이 도리어 내 말을 의아하게 여기는 듯이 가로채더니만,

"여보게 W군, 자네는 자네 말짝으로 그 눈알만한 잔 가지고는 턱이 아니 될 터이니 컵으로 하게."

"그것도 좋지. 나만 그럴 것 있나, 우리 모두 컵으로 하세그려."

컵이 들어왔다. 처음에는 먹을 듯이 모두들 W군의 말에 찬동

을 하더니만 컵에 술을 붓고 보니 끔찍하던지 감히 마시려 들지 않았다. W군 홀로 세 컵을 기울이고 말았다.

"자네들도 들게그려."

하고 한 두어 번 권해 보았으나 잘들 들지 않으매 저 혼자 연거푸 다섯 잔을 들이켰다. 그는 자기의 비색한 신수와 악착한 형편을 도무지 잊은 듯하였다. 그와 반대로 모인 중에도 자기 혼자 유쾌하고 기쁜 듯하였다. 기생 하나가 장구를 메고 일어서자 앞장서서 얼신덜신 춤을 춘 이도 W군이었다. 꽉 잠긴 목으로 남보다 먼저 '에라만수'를 찾은 이도 W군이었다.

놀이는 끝장날 때가 왔다. 꽹과리 소리가 사람의 귀를 찢었다. 춤추다가 쓰러지는 사람이 하나씩 둘씩 늘게 되었다.

"인제 그만 가세그려."

술이 덜 취한 L군이 마침내 이런 제의를 하였다. 우리는 그 말에 찬동을 하며 외투를 떼어 입었다.

그때에도 한 팔로 요리상을 짚고 몸을 가누지 못하면서도 아직 술병을 기울이고 있던 W군은 문득 보이를 불러서 신문지를 가져오라 하였다. 신문지를 받아들자 그는 약식이며 떡 같은 것을 주섬주섬 싸기 시작하였다.

"여보게 창피하이, 그만두게." K군이 눈썹을 찡그리며 말리었다.

"어떤가. 내 돈 준 것 내가 가져가는데."
하고 W군은 역시 웃으며 벌벌 떠는 손으로 쌀 것을 줍기에 바쁘다.
"인제 그만 싸게, 에이 창피스러워."
하며 K군은 고개를 돌린다. 마침내 W군은 쌀 것을 다 싸 가지고 송편과 약식이 삐죽삐죽 나오는 봉지를 들고 비슬비슬 일어선다.
그때 K군의 나지미라는 명옥이가 입을 삐죽거리면서 그 광경을 바라보다가,
"원장 영감댁은 오늘 밤에 큰 잔치를 하겠구먼."
하고 비우 적기리었다. 그 말이 떨어지자마자 W군은 나는 듯이 명옥에게로 달겨들었다.
"이년, 뭣이 어째."
라는 고함과 함께 W군의 손은 철썩하고 명옥의 뺨에 올라붙었다.
명옥은,
"애고고."
외마디 소리를 치고 쓰러지자 W군은 미워서 못 견디겠다는 듯이,
"원장댁 큰 잔치? 큰 잔치?"

라고 뇌이면서 발길로 엎어진 계집의 허리를 찼다. 이 야단통에 W군의 떡 싼 봉지는 방바닥에 떨어져 흩어졌다. 나는 이 싸움의 원인이요, 사랑의 뭉치인 봉지를 얼른 주워서 방 한구석 장구 얹혔던 자리 위에 올려 두었다.

  싸움은 벌어졌다. K군이 명옥의 역성을 들며 W군에게 덤빈 까닭이다. K군은 W군의 목덜미를 잡아 회술레 돌리다가,

  "이 자식, 미친 놈하고 같이 있더니 미쳤나뵈. 왜 사람을 차며 지랄발광을 하노."

하며 휙 뿌리치자 W군은 비슬비슬 몇 걸음 걸어 나오다가 방바닥에 얼굴을 처박고 푹 거꾸러졌다. 그럴 겨를도 없이 엎어진 이는 벌떡 몸을 일으켜서 곧 K군에게로 달겨들었다. 우리는 황망히 그의 팔을 잡아 만류를 하였는데 그때 그의 얼굴은 지금 생각해 보아도 몸서리가 끼친다. 엎어질 때 다쳤음이라. 악다문 이빨엔 피가 흘렀다. 그 경성드뭇한 눈썹이 올올이 일어섰으며 핏발 선 눈엔 그야말로 불이 나는 듯하였고, 이마엔 마른 가죽을 뚫고 나올 듯이 푸른 힘줄이 섰다. 그러나 그것보다도 마치 납을 끓여 부은 듯한 그 얼굴, 실룩실룩하는 살점 하나하나가 떠는 듯한 그 꼴이란 더할 수 없이 무서웠다. 입에 거품을 버글버글 흘리고,

  "미친 놈하고 같이 있으면 어쨌단 말이냐. 미쳤으면 어쨌단

말이야. 오! 너는 돈 있다고. 너는 돈 있다고."
하고 이를 빠드득빠드득 갈아부치며 K군을 향해 몸부림을 쳤다. 순한 양 같은 이 낙천가가 비록 취중일망정 사나운 짐승같이 날뛰며 악마보다도 더 지독한 표정을 할 줄이야 누가 꿈엔들 생각하였으랴.

간신히 뜯어말려서 먼저 K군을 보내고 L군과 S군과 나는 이 W군을 진정시켜서 얼마 만에야 그 요릿집 방문을 나오려 하였다. 그때 W군은 무엇을 찾는 듯이 연해 방 안을 살피다가 아까 내가 얹어 둔 봉지를 발견하자 그의 눈은 이상하게 번쩍이었다. 그의 뜻을 지레짐작한 내가 얼른 그 봉지를 집자, 그는 내 손에서 그 봉지를 빼앗듯이 빼아 가시고 방바닥에 태질을 쳤다. 그러자 그는 흩어진 음식 위에 거꾸러지며 엉엉 울기 시작하였다. 그의 얼굴과 손은 약식투성이가 되고 말았다.

"복돌아, 약식 안 먹어도 산다. 복돌아, 송편 안 먹어도 산다."
한동안 그는 제 아들 이름을 부르며 목을 놓고 울었다.
문득 울음을 뚝 그친 그는 무엇을 노리는 듯이 제 앞을 바라보더니만 나를 향하며,
"여보게, 칼로 푹 찔러 죽이는 것이 어떻겠나?"
우리는 어리둥절하며 그의 입만 바라보았다.
"아니, 그럴 일이 아니다. 고 어린것을 칼로 찌를 거야 있나.

차라리 목을 눌러 죽이지. 목을 누르면 내 손아귀 밑에서 파득파득하겠지."
"여보게, 누구를 죽인단 말인가?"
마침내 나는 물어 보았다.
"우리 복돌이를 말일세. 하나씩하나씩 죽이는 것보다 모두 비끄러매 놓고 불을 질러 버릴까."
나는 그 말을 듣고 전신에 소름이 끼치었다.
"흥, 내 자식 죽이면 저희들은 성할 줄 알고. 흥, 그놈들도 내 손에 좀 죽어야 될걸."
하고 별안간 그는 소리쳐 웃었다.
S군이 W군과 바로 한 이웃에 살기 때문에 우리는 그에게 취한 이를 맡기고 돌아왔었다.
그 이튿날, S군의 말을 들은즉 W군의 집에서 악머구리떼* 같은 어른과 아이의 울음이 하도 요란하기에 자다가 말고 가 보니 W군의 부인은 어떻게 맞았던지 마루에 늘어진 채 갱신도 못하고, 아이새끼는 기둥 하나에 하나씩 바로 친친 매어 두었으며, W군은 손에 성냥을 쥔 대로 마당에 쓰러져 쿨쿨 코를 골고 있었다고 한다.
그 다음날 차로 나는 서울로 올라왔다. W군은 사립 정신병원의 사무가 바빠 나를 전송도 해주지 못하였다. 그런 일이 있은

후 다섯 달 가량 지났으리라. 나는 L군으로부터 편지를 받았다.

……군이 마침내 미치고 말았다. 그는 오늘 아침에 P군을 단도로 찔러 그 자리에 죽이고 말았네. P군의 미친 칼에 죽을 뻔하던 그는 도리어 P군을 죽이고 만 것일세……

나는 이 편지를 보고 물론 놀랐으되 어쩐지 으레 생길 참극이 마침내 실연되고 만 것 같았다.

할머니의 죽음

■ 어느 아름다운 봄날이었다…… 말갛게 개인 하늘은 구름 한 점도 없고 아른아른한 아지랑이가 그 하늘거리는 길 올이로 봄비단을 짜내는 어느 아름다운 봄날이었다. 나는 깨끗하게 춘복(春服)을 차리고 친구 몇 명과 우이동 앵화(櫻花) 구경을 막 나가려던 때이었다. 이때에 뜻 아니한 전보 한 장이 닥치었다.
〈오전 3시 조모주 별세〉

할머니의 죽음

〈조모주 병환 위독〉

삼월 그믐날 나는 이런 전보를 받았다. 이는 ××에 있는 생가(生家)에서 놓은 것이니 물론 생가 할머니의 병환이 위독하단 말이다. 병환이 위독은 하다 해도 기실 모나게 무슨 병이 있는 게 아니다. 벌써 여든둘이나 넘은 그 할머니는 작년 봄부터 시름시름 기운이 쇠진해서 가끔 가물가물하기 때문에 그 동안 자손들로 하여금 한두 번 아니게 바쁜 걸음을 치게 하였다.

그 할머니의 오년 맏인 양조모(養祖母)*는 갑자기 울기 시작하였다.

"아이고…… 이승에서는 다시 못 보겠다. 동서라도 의로 말하면 친형제나 다름이 없있나……. 육십 년을 하루같이 어디 뜻한번 거슬러 보았을까……."

연해 연방 이런 넋두리를 섞어 가며 양조모는 울었다. 운다 하여도 눈 가장자리가 붉어지고 목소리가 떨릴 뿐이었다. 워낙 연만한 그는 제법 울음답게 울 근력조차 없었다.

"그래도 그 할머니는 팔자가 좋으시다. 자손이 늘은 듯하고…… 아이고."

끝으로 이런 말을 하며 울음이 한숨으로 변하였다. 자기가 너무 수(壽)한 까닭으로 외동자들을 앞세워 원이 되고 한이 되어 노상 자기의 생을 저주하는 그는 아들이 둘(본래 셋이더니 그 중

에 중부(仲父)*가 일찍이 돌아갔다), 직손자가 여덟이나 되는 그 할머니를 언제든지 부러워하였다.

"지금 돌아가시면 호상(好喪)*이지, 아드님이 백발이 허연데……."
라고, 양모(養母)*도 맞방망이를 치며 눈을 멍하게 뜬다.

나도 과연 그렇기도 하겠다 싶었다.

나는 그날 ×차로 ××를 향하여 떠났다.

새로 석 점이 지나 기차를 내린 나는 벌써 돌아가시지나 않았나 하고 염려를 마지않으며 캄캄한 좁은 골목을 돌아들어 생가(生家)의 삽짝〔柴扉〕* 가까이 다다랐을 때 곡성이 나는 듯하여 마음이 조마조마하였다. 하건마는 다행히 그 불길한 소리는 들리지 않았다. 삽짝은 빠끔히 열려 있었다.

마당에 들어서니 추녀 끝에 달린 그을음 앉은 괘등(掛燈)이 간반밖에 아니 되는 마루와 좁직한 뜰을 쓸쓸하게 비추고 있었다. 우물 둑과 장독 간의 사이에 위는 거적으로 덮고 양 가는 삿자리로 두른 울막*을 보고 나는 가슴이 덜컹하고 내려앉았다. 상청(喪廳)*이 아닌가…….

그러나 나의 어림의 짐작은 틀리었다. 마루에 올라선 내가 안방 아랫방에서 뛰어나온 잠 못 잔 피로한 얼굴들에게 이끌리어 할머니의 거처하는 단칸 건넌방으로 들어가니 할머니는 깔아진

듯이 아랫목에 누웠으되 오히려 숨은 붙어 있었다. 그 앞에 앉은 나를 생선의 그것과 같은 흐릿한 눈자위로 의아롭게 바라본다.

"얘가 누구입니까? 어머니, 얘가 누구입니까?"

예안(禮安) 이씨로, 예절 알기와 효성 있기로 집안 중에 유명한 중모(仲母)는 나를 가리키며 병자의 귀에 대고 부르짖었다.

"몰라……."

환자는 담이 그르렁그르렁하면서 귀찮은 듯이 대꾸하였다.

"제가 누구입니까, 할머니!"

나는 그 검버섯이 어룽어룽한 뼈만 남은 손을 만지며 물어 보았다. 나의 소리는 떨리었다.

"저를 모르시겠습니까? 제가 ○○이 아닙니까?"

"응, 네가 ○○이냐……?"

우는 듯이 이런 말을 하고 그윽하나마 내가 잡은 손에 힘을 주는 듯하였다. 그 개개 풀린 눈동자 가운데도 반기는 빛이 역력히 움직였다.

할머니의 병환이 어젯밤에는 매우 위중해서 모두 밤새움을 한일, 누구누구 자손을 찾던 일, 그 중에 내 이름도 부르던 일, 지금은 한결 돌린 일…… 온갖 것을 중모는 나에게 알려 주었다.

나는 그날 밤을 누울락앉을락, 깰락졸락 할머니 곁에서 밝혔

다. 모였던 자손들이 제각기 돌아간 뒤에도 중모만은 할머니 곁을 떠나지 않았다. 불교의 독신자인 그는 잠 오는 눈을 비비기도 하고 기침으로 목청을 가다듬기도 하면서 밤새도록 염불을 그치지 않았다. 그 소리는 적적한 새벽녘에 해로가*와 같이 처량히 들렸다. 나는 새삼스럽게 그 효성의 지극함과 그 정성의 놀라움에 탄복하였다.

  아침 저녁으로 각지에 흩어져 있는 자손들이 모여들기 시작하였다. 방이라야 단지 셋밖에 없는데, 안방은 어머니, 형수들이 점령하고 뜰 아랫방 하나 있는 것은 아버지, 삼촌, 당숙들에게 빼앗긴 우리 젊은이 패—사, 육촌 형제들은 밤이 되어도 단 한 시간을 눈 붙일 곳이 없었다. 이웃집과 누누이 교섭한 끝에 방 한 칸을 빌려서 번차례로 조금씩 쉬기로 하였다. 이 짧은 휴식이나마 곰비임비* 교란되었나니, 그것은 십분들이로 집에서 불러들이는 까닭이다. 아버지와 삼촌네들의 큰심부름 잔심부름도 적지 않았지만 할머니 곁에 혼자 앉은 중모의 꾸준한 명령일 때가 많았다. 더욱이 밤새 한 시에나 두 시에나 간신히 잠을 들어 꿀보다 더 단잠이 온몸에 나른하게 퍼진 새벽녘에 우리는 끄들리어 일어나는 수밖에 없었다.

  "할머님 병환이 이렇듯 위중하신데 너희는 태평치고 잠을 잔단 말이냐?"

우리가 건넌방에 들어서면 그는 다짜고짜로 야단을 쳤다. 그 중에도 가장 나이 어리고 만만한 내가 이 꾸중받이가 되었다. 인정 사정 없는 그의 태도가 불쾌는 하였지만 도덕적 우월을 빼앗긴 우리는 대꾸 한마디 할 수 없었다.

"다들 뭐란 말이냐. 나는 한 달이나 밤을 새웠다. 며칠들이나 된다고."

졸음 오는 눈을 비비는 우리를 보고 그는 자랑스럽게 또 이런 꾸중도 하였다.

'놀라운 효성을 부리는 게 도무지 우리 야단칠 밑천을 장만하는 게로구나.'

나는 속으로 꿀걱꿀걱하며 이런 생각을 하였다.

한 번은 또 그의 명령으로 우리는 건넌방에 모여들었다. 그 방문은 열어제치었는데 문지방 위에 할머니의 지팡이가 놓이고 그 밑에 또 신으시던 신이 놓여 있었다. 방 안 할머니의 머리맡에는 다라니(陀羅尼)*가 걸려 있다.

'할머니가 운명을 하시나 보다!'

우리는 번개같이 이런 생각을 하며 할머니 곁으로 다가들었다. 그는 담을 그르렁그르렁 거리며 흔흔히 누워 있었다. 중모는 흐르는 눈물을 걷잡지 못하며 그의 귀에 들이대고 울음소리로 아미타불과 지장보살을 구슬프게 부르짖고 있었다.

　한동안 엄숙한 긴장이 여기 있었다. 모두 같은 일을 기대하면서.
　십 분! 이십 분! 환자의 신상에는 아무 별증이 나타나지 않았다.
　"아마, 잠이 드신 모양입니다."
　이윽고 아버지가 이 긴장한 침묵을 깨뜨렸다. 그리고 중모를 향하여,
　"잠 주무시게시리 염불은 고만 뫼십시오."
하고 나가 버렸다. 그 뒤를 따라서 빽빽하게 들어섰던 자손들이 하나씩 둘씩 헤어졌다.
　그래도 눈물을 섞어 가며 염불을 그치지 않던 중모가 얼마 뒤에 제 물에 부처님 찾기를 그치었다. 그리고 끝끝내 남아 있던 나에게 할머니가 중부가 왔다고 하던 일, 자기를 데리러 교군이 왔다던 일, 중모의 손을 비틀며 어서 가자고 야단을 치던 일을 이야기하였다. 그러다가 숨구멍에서 무엇이 꿀꺽하더니 그만 저렇게 정신을 잃으신 것을 설명해 들려주었다.
　그날 저녁때에 할머니는 여상히 깨어나셨다. 이런 일이 한두 번이 아니었다. 몇 번이나 신과 지팡이가 놓였다 치워졌다, 다라니가 벽에 걸리었다 떼였다 하였다. 그러는 동안에 자손의 얼굴은 자꾸자꾸 축이 나 갔다. 말하기는 안되었지만 모두 불언

중에 할머니의 목숨이 하루바삐 끝장나기를 기다리고 있었다. 관조차 맞추어서 칠까지 먹여 놓았다. 내가 처음 오던 날 상청(喪廳)이 아닌가 하고 놀랐던 그 울막도 이 관을 놓아 두려는 의지간*이었다.

그러하건만 할머니는 연해 한모양으로 그물그물하다가 또 정신을 차리었다. 아니 정신이 돌아오는 때가 도리어 많아 간다. 자기 앞에 들어서는 자손들을 거의 틀림없이 알아맞혔다.

그리고 가끔 몸부림을 치면서 일으켜 달라고 야단을 쳤다. 이럴 때에 중모는 거북스럽게도 염불을 모시었다.

"어머니 어머니, 가만히 계세요. 가만히 계세요."

그는 몸부림하는 할머니를 제지하면서 이렇게 타일렀다.

"저를 따라 염불을 뫼셔요. 나무아미타불, 나무아미타불."

"나 일어날란다."

"에그, 왜 그러세요, 가만히 계세요, 제발 덕분에. 나무아미타불, 나무아미타불……."

"나무아미타불, 나무아미타불."

할머니는 마지못하여 중모를 따라 두어 번 입술을 달싹달싹하더니 또 얼굴을 찡그리며 애원하는 어조로

"인제 고만 뫼시고 날 좀 일으켜다고. 내 인제 고만 가련다."

"인제 가세요! 가만히 누워 계시지요. 왜 일어나시긴. 나무아

미타불…… 왕생극락…… 나무아미타불…….”
 할머니는 귀찮아 못 견디겠다는 듯이 팔을 내저으며,
 "듣기 싫다, 염불 소리 듣기 싫다! 인제 고만 해라."
하며 몸을 일으키려고 애를 쓴다.
 "그게 무슨 말씀입니까."
 중모는 질색을 하며 더욱 비장(悲壯)하게 부처님을 찾았다.
 "듣기 싫다! 듣기 싫어. 나는 고만 갈 테야."
 할머니는 또 이렇게 재우쳤다.
 나는 이 광경을 보고 적이 의외의 감이 있었다―할머니는 중모보다 못지 않은 불교 독신자이다. 몇십 년을 하루같이 새벽마다 만수향*을 켜 놓고 염불 모시기를 잊지 않은 어른이다. 정신이 혼혼된 뒤에도 염주 담은 상자와 만수향만은 일일이 아랑곳하던 어른이다.
 "……하루에도 만수향을 세 갑 네 갑 켜시겠지. 금방 사다 드리면 세 개씩 네 개씩 당장 다 켜 버리시고 또 안 사온다고 꾸중이시구나……."
 작년 가을 내가 귀성하였을 때 계모가 웃으며 할머니의 노망 이야기를 하는 가운데 만수향 켜는 것을 그 하나로 헤아렸다.
 그러하던 할머니가 왜 지금 와서 염불을 듣기 싫다는가? 그다지 할머니는 일어나고 싶으신가? 죽어 가면서도 일어나려는 이

본능 앞에는 모든 것이 권위를 잃는 것인가?
 "저렇게 일어나시려니 좀 일으켜 드리지요."
 나는 보다 못해 이런 말을 하였다.
 "안 된다, 일으켜 드릴 수가 없다. 하도 저러시길래 한번 일으켜 드렸더니 어떻게 아파하시는지 차마 뵈올 수가 없었다."
 "어째 그래요?"
 나는 이렇게 반문하였다. 이 반문에 대한 중모의 설명은 더욱 놀라운 것이었다.
 할머니가 작년 봄부터 맑은 정신을 잃은 결과에 늙은이가 어린애 된다고, 뒤를 가리지 않게 되었다. 게다가 이 두어 달 전부터 물을 자✛ 청해 잡수시고 옷에고 요바닥에 함부로 뒤를 보았다. 그것을 얼른 빨아 드리지 못한 때문에 제 물에 뭉켜지고 말라붙은 데다가 뜨거운 불목에 데이어 궁둥이 언저리가 모두 벗겨졌다. 그러므로 일어나려면 그곳이 땅기고 배기어 아파하는 것이라 한다.
 이 말을 들은 나는 할머니를 모로 누이고 그 상처를 보았다. 그 자리는 손바닥 넓이만큼이나 빨갛게 단 쇠로 지진 듯이 시커멓게 벗겨졌는데 그 위에는 하얀 해가 징그럽게 끼었고 그 가장자리는 독기를 품고 아른아른히 부르터 올라 있다.
 나는 차마 더 볼 수가 없었다. 이것이 무슨 일인가! 양조모(養

祖母), 양모(養母)가 부러워하던 늘은 듯한 자손은 다 무엇을 하고 우리 할머니를 이 지경이 되게 하였는가? 왜 자주 옷을 갈아입혀 드리며 빨아 드리지 못하였는가? 이 직접 책임자인 계모가 더할 수 없이 괘씸하였다.

그러나 가만히 생각해 보면 그를 그르다고도 할 수 없다. 위에도 말하였거니와 할머니가 이리 된 지는 하루 이틀이 아니다. 벌써 몇 달이 되었다. 이 긴 시일에 제아무리 효부(孝婦)라 한들 하루도 몇 번을 흘리는 뒤를 그때 족족 빨아낼 수 없으리라. 더구나 밤에 그런 것이야, 일일이 알 수도 없으리라. 하물며 계모는 시집 오던 첫날부터 골머리를 앓으리만큼 큰 병객이다. 병명은 의원에 따라 혹은 변두머리라고도 하고 혹은 뇌진이라고도 하고 혹은 선천부족(先天不足)이라고도 하였지마는 하나도 고쳐 주지는 못하였다. 삼십이 될락말락하건만 육십이나 칠십이 다 된 노인 모양으로 주야장천 자리 보전하고 누워 있는 터이다. 제 몸이 괴로우니 모든 것이 싫은 것이다. 그리고 나까지 아우르면 아버지 슬하에 아들만 넷이나 되건마는 지금 육십 노경에 받드는 어느 아들, 어느 며느리 하나 없다. 집안이 넉넉지 못한 탓으로 사방에 흩어져서 제 입 풀칠하기에 눈코를 못 뜨는 까닭이다.

이 책임을 누구에게 돌릴까? 나는 알 수가 없었다. 쓴 물만 입

안에 돌 뿐이다.
　그후에 또 이런 일이 있었다. 어느 때 내가 할머니 곁에 갔을 적이었다. 할머니는 그 뼈만 남은 손으로 나의 손을 만지고 있었다.
　"○○아, ○○아."
　할머니는 문득 나를 불렀다.
　"인제는 다시 못 보겠다, 인제는 다시 못 보겠다."
　"왜 그런 말씀을 하십니까?"
　"인제 내가 안 죽니. 그런데 너, 내 청 하나 들어주겠니?"
　"네? 무슨 말씀입니까?"
　"나, 나 좀 일으켜다고."
　나는 눈물이 날 듯이 감동하였다. 어찌 차마 이 청을 떼칠 건가. 나는 다짜고짜로 두 손을 할머니 어깨 밑으로 넣으려 하였다. 이것을 본 중모는 깜짝 놀라며 나를 말렸다.
　"애, 네가 왜 또 그러니, 일으켜 드리면 아파하신대두 그 애가 그러네."
　"그때 약을 사다 드렸으니 그 자리가 인제는 아물었겠지요."
　나는 데었단 말을 듣던 그날 약 사다 드린 것을 생각하고 이런 말을 하였다.
　"아니야, 아직 다 낫지 않았어. 오늘 아침에도 일으켜 드렸더

니 몹시 아파하시더라."

 나는 주춤하였다. 할머니가 앓는 것이 애처로웠음이다.

 "어머니! 어머니! 가만히 누워 계세요, 네? 일어나시면 아프십니다."

 중모는 또 자상히 타이르듯 말하였다. 할머니는 물끄러미 나와 중모를 번갈아 보시더니 단념한 듯이 눈을 감았다. 한참 앉아 있다가 나는 몸을 일으켰다. 이때에 할머니가 눈을 번쩍 뜨며 문득,

 "어데를 가?"

라고 물었다. 나는 주춤 발길을 멈추었다.

 할머니는 퀭한 눈으로 이윽히 나를 쳐다보더니 무엇을 잡을 듯이 손을 내저으며 우는 듯한 소리로,

 "서방님! 제발 나를 좀 일으켜 주십시오. 서방님, 제발 나를 좀 일으켜 주십시오."

라고 부르짖었다.

 "에그머니! 그게 무슨 말입니까? 그 애가 ○○이 아닙니까? 서방님이 무엇이에요?"

 중모는 바싹 할머니에게 다가들며 애처롭게 가르쳐 드렸다. 이때 마침 할머니가 잡수실 배즙을 가지고 들어오던 둘째 형수가 무슨 구경거리나 생긴 듯이 안방을 향하여 외쳤다.

"에그, 할머니 좀 보아요! 서울 아우님더러 서방님! 서방님! 하십니다."

이 외침을 듣고 자부들이 모여들었다. 그들의 눈은 호기심에 번쩍이고 있었다. 나는 또 할머니의 청을 물리칠 수는 없었다. 그것이 어떠한 나쁜 영향을 초지(招致)할지라도 아니 일으켜 드릴 수 없었다.

그러나 할머니는 요바닥 위로 반 자를 떠나지 못하여,

"아야야······."

라고 외마디 소리를 쳤다. 나는 얼른 들어올리던 손을 뺄 수밖에 없었다.

다시금 눕기 싫어하던 요 위에 누운 뒤에도 할머니는 앓기를 마지 않았다. 적지 아니한 꾸중을 모시었다.

이윽고 조금 진정이 되더니만 또 팔을 내저으며 기를 쓰고 가슴에 덮은 이불자락을 자꾸자꾸 밀어 내리었다. 감기나 들까 염려하는 중모는 그것을 꾸준히 도로 집어 올렸다.

할머니는 손을 내밀더니 이번에는 내 조끼 단추를 붙잡아 당기었다.

"왜, 이리 하십니까, 단추를 빼란 말씀입니까?"

할머니는 고개를 끄덕이었다. 끄덕였다 하여도 끄덕이려는 의사를 보였을 뿐이었다. 나는 단추 한 개를 빼었다. 그래도 할머

니는 자꾸 조끼의 단추와 씨름을 마지 아니하였다. 나는 단추를 낱낱이 빼는 수밖에 없었다. 그리고 나니 그는 또 옷고름과 실랑이를 시작하였다.

"옷고름을 끄를까요?"

"응!"

나는 또 옷고름을 끌렀다. 끄른 뒤엔 할머니는 또 소매를 잡아당기었다.

"왜 이리 하세요?"

"버, 벗어라, 답답지 않니."

여기저기서 물어 멈추려고 애쓰는 웃음이 키키 하였다.

나는 경멸과 모욕의 시선을 그들에게 던졌다. 자기가 얼마나 답답하고 갑갑하길래 나의 단추 끼운 것과 옷고름 맨 것과 저고리 입은 것조차 답답해 보일 것이랴! 여기는 쓰디쓴 눈물과 살을 저미는 슬픔이 있어야 하겠거늘, 이 기막힌 광경을 조소로 맞아야 옳을까?

나는 곧 그들에게 침이라도 뱉고 싶었다. 하되 나의 마음을 냉정하게 살펴본즉 슬프다! 나에게는 그들을 모욕할 권리가 없었다. 형수들 앞에서 앞가슴을 풀어 젖히라는 할머니가 민망스럽기도 하고 딱하기도 하였다. 환자를 가엾다고 생각하면서도 나의 속 어디인지 웃음이 움직인 것은 부정할 수 없는 사실이었

다. 더구나 내가 젊은이 패가 모인 이웃집 방에 들어갔을 때 무슨 재미스러운 일이나 보고 온 사람 모양으로 득의양양하게 이 이야기를 하고서 허리를 분질렀다…….

거기에서는 할머니의 병세에 대하여 의논이 분분하였다. 그들은 하나도 한가한 이가 없었다. 혹은 변호사, 혹은 은행원, 혹은 회사원으로 다 무한년하고 있을 수 없는 형편이었다.

"나는 암만해도 내일은 좀 가보아야 되겠는데. 나는 그 전보를 보고 벌써 돌아가신 줄 알았어. 올 때에 친구들이 북포(北布)*니 뭐니 부의(賻儀)*를 주기에 아직 돌아가시지도 않았는데 이게 웬일이냐 하니까, 그 사람들 말이, 돌아가셔도 자손들에게 그렇게 전보를 놓느니, 하네그려. 그래 모두 받아 왔는데…… 허허허……."

그 중에 제일 연장자로 쾌활하고 말 잘 하는 백형(伯兄)은 웃음 섞어 이런 말을 하고 있었다.

"암만해도 오늘 내일 돌아가실 것 같지는 않는데…… 이거 큰일났는걸, 가는 수도 없고……."

"딴은 곧 돌아가실 것 같지는 않아……."

은행원으로 있는 육촌은 이렇게 맞방망이를 쳤다.

"의사를 불러서 진단을 해보는 것이 어떨까요?"

부산 방직회사에 다니는 사촌이 이런 제의를 하였다.

"옳지, 참 그래 보아야 되겠군."
아버지께 이 사연을 아뢰었다.
"시방 그물그물하시지 않나. 그러면 하여간 의원을 좀 불러올까."
의원은 아버지와 절친한 김 주부(金主簿)*를 청해 오기로 하였다.
갓을 쓴 그 의원은 얼마 아니 되어 미륵 같은 몸뚱이를 환자방에 나타내었다. 매우 정신을 모으는 듯이 눈을 내리감고 한나절이나 진맥을 하더니 고개를 절레절레 흔들며 물러앉는다.
"매우 말씀하기 안되었소마는 아마 오늘 밤이 아니면 내일은 못 넘길 것 같소."
매우 말하기 어려운 듯이, 기실 조금도 말하기 어렵지 않은 듯이 그 의원은 최후의 판결을 언도하였다.
"글쎄, 그래 워낙 노쇠하셔서 오래 부지를 하실 수 없지……."
그러면 그렇지 하는 얼굴로 아버지는 맞방망이를 쳤다.
가려던 자손은 또 붙잡히었다. 그러나 할머니는 그날 저녁부터 한결 돌리었다. 가끔 잡수실 것을 찾기도 하였다. 잡숫는 건 고작해야 배즙, 국물에 만 한 술도 안 되는 진지였다. 죽과 미음은 입에 대기도 싫어하였다. 그리고 전일에 발라드린 양약의 효험이 나서 상처가 아물었던지 자부와 손부에게 부축되어 꽤 오

래 일어나 앉게도 되었다.

그 이튿날이 무사히 지나가자 한의(漢醫)의 무지를 비소(誹笑)하고, 다른 것은 몰라도 환자의 수명이 어느 때까지 계속될 시간 아는 데 들어서는 양의(洋醫)가 나으리라는 우리 젊은 패의 주장에 의하여 ××의원 원장으로 있는 천엽 의학사(千葉醫學士)를 불러 오게 되었다. 그는 진찰한 결과에 다른 증세만 겹치지 않으면 이삼 주일은 무려(無慮)하리라 하였다.

"그래, 그저 그럴 거야. 아직 괜찮으신데 백주에 서둘고 야단을 했지."

하고 일이 바쁜 백형은 그날 밤으로 떠나갔다.

그 이튿날 아침이있다.

우리가 집에 돌아오니까 할머니 곁을 떠난 적 없는 중모가 마당에서 한가롭게 할머니의 뒤 흘린 바지를 빨고 있다가 웃는 낯으로 우리를 맞으며,

"할머님이 오늘 아침에는 혼자 일어나셨다. 시방 진지를 잡수시고 계시다. 어서 들어가 뵈어라."

나는 뛰어들어갔다. 자부와 손부의 신기해 여기는 시선을 받으면서 할머니는 정말 진지를 잡숫고 있었다.

나는 빙글빙글 웃으며,

"할머니, 어떻게 일어나셨습니까?"

할머니는 합죽한 입을 오물오물하여 막 떠 넣은 밥알맹이를 삼키고,

"내가 혼자 일어났지, 어떻게 일어나긴. 흉악한 놈들, 암만 일으켜 달라니 어데 일으켜 주어야지. 인제 나 혼자라도 일어난다."

하며 자랑스럽게 대답하였다.

"어제 의원이 왔지요. 인제 할머니가 곧 나으신대요."

"정말 낫겠다고 하던, 응?"

하고 검버섯 핀 주름을 밀며 흔연(欣然)한 웃음의 그림자가 오래간만에 그의 볼을 스쳤다. 나의 눈엔 어쩐지 눈물이 핑 돌았다.

그날 밤차로 모였던 자손들은 제각기 흩어졌다. 나도 그날 밤에 서울로 올라왔다.

어느 아름다운 봄날이었다…… 말갛게 개인 하늘은 구름 한 점도 없고 아른아른한 아지랑이가 그 하늘거리는 깁* 올*이로 봄비단을 짜내는 어느 아름다운 봄날이었다.

나는 깨끗하게 춘복(春服)을 차리고 친구 몇 명과 우이동 앵화(櫻花)* 구경을 막 나가려던 때이었다. 이때에 뜻 아니한 전보 한 장이 닥치었다.

〈오전 3시 조모주 별세〉

십대들을 위한 감상의 길잡이

▌ 현진건 문학 자세히 읽기
　사실주의적 경향과 단편소설의 기틀 확립

▌ 현진건 문학사전

▌ 논술 포인트 10

(현진건 문학 자세히 읽기)

사실주의적 경향과 단편소설의 기틀 확립

문흥술(문학평론가)

1. 머리말

빙허 현진건(憑虛 玄鎭健, 1900~1943)은 『백조』 동인으로 우리 근대 문학운동에서 중요한 자리를 차지하고 있는 작가이다. 그는 일생을 일제의 억압하에 살면서, 한때 상해에서 독립운동을 하던 중형을 따라 수학했다는 점, 동아일보 기자 생활을 하면서 1935년 '일장기 사건'의 주역을 담당했다는 점 등으로 인해 민족정신이 투철한 작가로 주목을 받고 있다.

현진건은 1920년 『개벽』에 단편 「희생화」를 발표하면서 문단에 첫선을 보인 후, 「빈처」, 「술 권하는 사회」, 「유인」, 「타락자」, 「피아노」, 「할머니의 죽음」, 「그립은 흘긴 눈」, 「까막잡기」, 「B사감과 러브레터」, 「운수 좋은 날」, 「불」, 「새빨간 웃음」, 「사립정신병원장」, 「발」, 「동정」, 「우편국에서」, 「고향」, 「해뜨는 지평선」, 「신문지와 철창」, 「정조와 약가(藥價)」, 「웃는 포사」, 「서투른 도적」, 「연애의 청산」 등의 단편과, 『적도』, 『무영탑』, 『지새는 안

▲ 『개벽』 표지.

개』의 장편과 미완성 장편『흑치상지』1편을 남겼다.

그의 문학적 특질에 대한 지금까지의 평가는 대략 다음 세 가지로 요약될 수 있다. 첫째, 염상섭과 함께 한국 사실주의 작가의 전형이라는 점이다. 대상을 마치 사진을 찍듯이 사실적이고 구체적으로 묘사하는 것이 사실주의임에 주목할 때, 현진건의 인물 및 배경 묘사는 그 대표적인 형태에 해당된다는 것이다. 둘째, 김동인과 함께 한국 근대단편소설의 효시라는 점이다. 셋째, 기교의 세련이라는 점이다. 그의 세련된 문장과 세밀하면서도 절미(絶美)한 묘사는 그의 독특한 문학 특질로서 주목되고 있다.

이 글에서는 현진건 소설을 내용적 측면에서 첫째, 일제 강점기 지식인의 고뇌를 다루고 있는 유형, 둘째, 구시대적 인습과 새로운 시대의 인습과의 갈등을 다루고 있는 유형, 셋째, 일제 강점기의 비참한 조선의 현실과 가난한 하층민의 궁핍한 삶을 다루고 있는 유형으로 나누어 그의 소설적 특질을 고찰하고자 한다.

2. 일제 강점기 지식인의 고뇌를 다루는 유형

일제 강점기 지식인의 고뇌를 다루고 있는 유형으로는「술 권하는 사회」,「빈처」,「타락자」,「피아노」를 들 수 있다. 이들 작품에 등장하는 지식인들은 대부분 일본 유학을 다녀온 젊은 인텔리들이다.

(현진건 문학 자세히 읽기) ·····································

    6년 전에(그때 나는 16세이고 저는 18세였다) 우리가 결혼한 지 얼마 아니 되어 지식에 목마른 나는 지식의 바닷물을 얻어 마시려고 표연히 집을 떠났었다.
    광풍(狂風)에 나부끼는 버들잎 모양으로 오늘은 지나(支那), 내일은 일본으로 굴러다니다가 금전의 탓으로 지식의 바닷물도 흠씬 마셔 보지도 못하고 반거들충이가 되어 집에 돌아오고 말았다.

—「빈처」

    막 그의 남편이 서울서 중학을 마쳤을 때 그와 결혼하였고, 그러자마자 고만 동경(東京)에 부급한 까닭이다. 거기서 대학까지 졸업을 하였다.

—「술 권하는 사회」

    현진건은 이들 지식인들이 당대의 조선 사회, 곧 일제 강점기라는 시대적 상황으로 인해 지식인으로서의 역할을 제대로 수행하지 못하고 좌절하거나 타락한다고 보고 있다. 「술 권하는 사회」의 남편과 「타락자」의 '나'가 여기에 해당된다. 「술 권하는 사회」의 남편은 일본 유학을 갔다 온 인텔리로 처음에 귀국하여 식민지 치하에 있는 조선을 위해 무엇인가를 열심히 해보려 한다. 그런데 시간이 지나면서 당시 조선 사회의 다른 지식인들이 식민지라는 시대적 상황과는 상관없이 자신과 자신이 속한 집단의 이익만을 추구하면서 이전투구(泥田鬪狗)식의 다툼을 벌이는 것을 보게 된다. 그런 과정에서 주인공은 자신의 지식을 사회에서 펼쳐보지 못하게 되고 결국 좌절하고 만다.

"되지 못한 명예 싸움, 쓸데없는 지위 다툼질, 내가 옳으니 네가 그르니, 내 권리가 많으니 네 권리 적으니…… 밤낮으로 서로 찢고 뜯고 하지, 그러니 무슨 일이 되겠소. (중략) 우리 조선놈들이 조직한 사회는 다 그 조각이지. 이런 사회에서 무슨 일을 한단 말이오. 하려는 놈이 어리석은 놈이야. 적이 정신이 바로 박힌 놈은 피를 토하고 죽을 수밖에 없지. 그렇지 않으면 술밖에 먹을 게 도무지 없지. 나도 전자에는 무엇을 좀 해보겠다고 애도 써 보았어. 그것이 모두 수포야. 내가 어리석은 놈이었지. 내가 술을 먹고 싶어 먹는 게 아니야. (중략) 그저 이 사회에서 할 것은 주정꾼 노릇밖에 없어……."

―「술 권하는 사회」

"조선 사회란 것이 내게 술을 권한다오"라는 화자의 진술을 통해 작가는 당대의 타락한 조선 사회로 인해 지식인이 자신의 뜻을 펼치지 못하고 좌절할 수밖에 없다고 비판하고 있다.

한편 지식인이 술집 기생인 '춘심'과 관계를 맺고, 그로 인해 임신한 아내에게 매독이라는 병을 옮겨 아이를 유산시키게 되는 과정을 다루고 있는 「타락자」를 통해 작가는 모순된 사회로 인해 좌절한 지식인이 어느 정도 타락할 수 있는가를 보여주고 있다.

그러면서 현진건은 「피아노」를 통해 모순된 사회에 있어서 사이비 지식인들의 작태를 비판하고 있다. 이 작품의 주인공은 부모 덕택으로 수만 원 재산의 소유자가 된 동경 유학생 출신의 지식인이다. 그는 구식 여자인 아내와

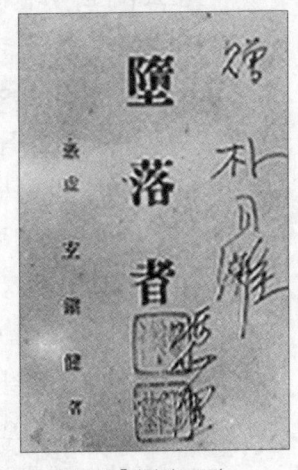

▲ 중편소설 「타락자」 표지.

(현진건 문학 자세히 읽기)

이혼하고 중등 교육을 마친 처녀와 신식 결혼을 한 뒤, 서울에서 신 살림을 차려 살면서 '이상적 가정'을 꾸미기 위해 여러 값비싼 물건들을 집안에 들여놓는다. 그러다가, 피아노를 들여놓고 그것을 다루는 방법을 몰라 당황해 한다. 작가는 이 과정을 해학적으로 다루면서, 이를 통해 겉치레 치장에만 몰두하는 허황한 지식인을 신랄히 비판하고 있다.

모순된 사회 구조로 인한 지식인의 좌절과 타락, 그리고 위선적인 지식인의 작태를 그리면서 현진건은 당대 조선 사회에 있어서 바람직한 지식인상을 「빈처」를 통해 제시하고 있다. 이 작품은 어느 무명작가의 가난한 생활의 기록으로, 작가의 경험을 소설화한 자전적 소설에 해당된다. 이 작품은 1인칭 주인공 시점을 통해, 소설가인 '나'가 정신적 가치를 추구하는 과정에서 조그마한 현실적 욕망에 의해 어떻게 동요되고, 그러면서 그런 동요를 어떻게 극복하는가를 인물들의 대조를 통해 섬세하게 그려내고 있다.

주인공은 "별로 천품은 없으나 어쨌든 무슨 저작가로 몸을 세워 보았으면 하여 나날이 창작과 독서"에 전념하는데, 이로 인해 "보수 없는 독서와 가치 없는 창작으로 해가 지며 날이 새며 쌀이 있는지 나무가 있는지"를 전혀 모른다. 곧 주인공은 개인적 출세와 물질주의가 지배하는 당대의 일반적 가치를 거부하고, 이로 인해 경제적 궁핍에 시달리면서도 정신적 가치를 추구한다. 주인공의 이러한 정신적 가치 지향은 또 다른 지식인인 은행원 T의 물질적 가치 지향과 대비된다. 더불어, 소설가의 아내라는 자긍심으로 가난한 생활의 어려움을 모두 이겨내면서 따뜻한 부부애를 유지해 나가는 아내와, 부유하지만 괴로움 속에서 보람없는 삶을 살아가는 처형의 대조적 삶을 통해 당대 사회에서 바람직한 가치관은 무엇이며, 또한 바람직한 지식인 상이 무엇인지를 제시하고 있다.

3. 구시대적 악습과 타락한 새로운 풍습에 대한 비판을 다루는 유형

구시대적 인습과 새로운 시대의 인습과의 갈등을 다루는 유형으로는 「불」, 「발」, 「B사감과 러브 레터」를 들 수 있다. 「불」의 주인공 '순이'는 열다섯 살밖에 안 된 소녀로 시집와서 농촌의 육체적 노동과 시어머니에 의한 시집살이, 그리고 남편의 욕정에 시달리다가, 결국에는 '원수의 방'에 불을 지름으로써 구시대의 잘못된 인습에 대해 항거를 한다. 이를 통해 작가는 조혼과 혹독한 시집살이로 대표되는 구시대의 악습이 얼마나 인간의 삶을 황폐하게 만드는지를 비판하고 있다. 그러나, 작가는 '순이'가 고통으로부터 벗어나는 방법으로 '원수의 방'에 불을 지르는 것으로 귀결시킴으로써, '순이'의 근본적 고통 원인을 조혼과 시집살이로 상징되는 사회구조와 시대적 모순으로부터 해결하기보다는, 사내의 욕정이라는 개인적 측면에 한정시키는 한계를 보여주고 있다.

구시대의 악습에 대한 비판은 「B사감과 러브 레터」에도 나타난다. 3인칭 관찰자 시점을 택하고 있는 이 작품은 추리소설과 같은 구성 방식을 취하면서 후반부의 극적 전환을 가미시켜 인간의 이중적 심리 상태와 위선을 희극적으로 묘사하고 있다.

〔현진건 문학 자세히 읽기〕

　C여학교에서 교원 겸 기숙사 사감 노릇을 하는 B여사라면 딱장대요, 독신주의자요, 찰진 야소꾼으로 유명하다. 사십에 가까운 노처녀인 그는 주근깨투성이 얼굴이 처녀다운 맛이란 약에 쓰려 해도 찾을 수 없을 뿐인가, 시들고 거칠고 마르고 누렇게 뜬 품이 곰팡 슨 굴비를 생각나게 한다.
　여러 겹 주름이 잡힌 훌렁 벗어진 이마라든지, 숱이 적어서 법대로 쪽찌거나 틀어올리지 못하고, 엉성하게 그냥 빗어 넘긴 머리 꼬리가 뒤통수에 염소똥만하게 붙은 것이라든지, 벌써 늙어 가는 자취를 감출 길이 없었다. 뾰족한 입을 앙다물고 돋보기 너머로 쌀쌀한 눈이 노릴 때엔 기숙생들이 오싹하고 몸서리를 치리만큼 그는 엄격하고 매서웠다.

―「B사감과 러브 레터」

　여학교 기숙사 사감인 여주인공의 인물을 세밀하게 묘사하는 이 부분이야말로 사실주의 작가로서의 현진건의 모습을 잘 보여주고 있다. 노처녀인 여주인공 B사감은 '사내란 믿지 못할 것, 여성을 잡아먹는 마귀인 것, 연애니 자유니 신성이니 하는 것도 악마가 지어낸 소리인 것'이라고 믿는 남성 기피증 환자로, 여학생들에게 오는 '러브 레터'에 대해 과민한 반응을 보인다. 그러나 작품이 전개되면서 사감의 이러한 측면은 위선임이 밝혀진다. 밤 한 시경에 사감의 방에서 남녀의 대화 소리가 새어나오게 되고, 이를 들은 세 처녀가 사감의 방으로 갔을 때, 사감 혼자서 러브 레터를 읽으면서 연극을 하고 있었던 것이다. 결국 사감은 자유연애를 거부하는 엄숙주의자인 것처럼 행동하면서 그 이면에 이성을 갈구하는 심리를 지닌 이중 인격자인 것이다. 곧 사감은 '남녀 칠세 부동석(男女七世不同席)'이라는 구시대적 인습과 자유 연애라는 새로운 인습 사이에서 갈등하면서 인격적 파탄을 드러내고 있는 인물이라 할 수 있다.

두 작품을 통해 현진건은 구시대적 악습이 갖는 병폐를 비판하면서 새로운 시대의 새로운 풍습을 지향한다. 그렇다고 해서 작가가 무조건적으로 새로운 풍습을 추구하는 것은 아니다. 「발」을 통해 새로운 풍습의 타락한 측면을 비판하는 것이 그 단적인 예이다. 이 작품에서는 하숙집 노파의 딸과 시골 부자의 자제인 김 주사와의 애정 행각을 통해, 물질적 가치가 지배하는 근대 사회에 있어서 전통적인 정조관의 붕괴와 타락한 성 풍속도를 제시하고 있다.

결국 작가는 「B사감과 러브 레터」를 통해 구시대의 가치관과 새로운 시대의 가치관이 뒤섞여 혼란한 사회 상태를 제시하면서, 「불」을 통해 구시대의 악습을 비판하고, 동시에 「발」을 통해 새로운 시대의 타락한 풍습 역시 비판함으로써 당대 사회가 갖추어야 할 바람직한 가치관이 무엇인지를 탐색하고 있다.

4. 일제 강점기의 비참한 현실을 다루는 유형

일제 강점기의 비참한 조선의 현실을 다루는 유형으로는 「고향」, 「운수 좋은 날」, 「사립 정신병원장」을 들 수 있다. 1인칭 관찰자 시점을 취하고 있는 「고향」은 일제 강점기인 1920년대 중반, 일제의 가혹한 식민지 수탈로 인해 황폐해진 농촌의 모습을 액자 소설의 형태를 통해 사실주의적으로 묘사하고 있는 작품

(현진건 문학 자세히 읽기)⋯⋯⋯⋯⋯⋯⋯⋯⋯⋯⋯⋯⋯⋯⋯⋯⋯⋯⋯⋯⋯⋯⋯⋯

으로, 일제에 대한 작가의 저항정신이 잘 표출되어 있다. 이 작품은 입체식 구성을 취하고 있는데, 먼저 현재의 차중 묘사가 나오고, 다음 그가 고향을 떠나 유랑하던 과거 이야기가 제시된 후, 마지막으로 다시 현재의 취흥이 묘사되고 그러면서 노래를 통해 당시 조선 민족의 비참한 삶을 함축하고 있다.

여기서, 대구에서 서울로 오는 기차 안에서 만난 '그'가 고향인 농촌을 떠나 동양 삼국을 떠돌아다닐 수밖에 없었던 이유를 제시한 부분에 주목할 필요가 있다.

그의 고향은 대구에서 멀지 않은 K군 H란 외따른 동리였다. 한 백 호 남짓한 그곳 주민은 전부가 역둔토를 파먹고 살았는데, 역둔토로 말하면 사삿집 땅을 부치는 것보다 떨어지는 것이 후하였다. 그러므로 넉넉지는 못할망정 평화로운 농촌으로 남부럽지 않게 지낼 수 있었다. 그러나 세상이 뒤바뀌자 그 땅은 전부가 동양척식회사의 소유에 들어가고 말았다. 직접으로 회사에 소작료를 바치게나 되었으면 그래도 나으련만, 소위 중간 소작인이란 것이 생겨나서 저는 손에 흙 한번 만져 보지도 않고 동척엔 소작인 노릇을 하며, 실작인에게는 지주 행세를 하게 되었다. 동척엔 소작료를 물고 나서 또 중간 소작인에게 긁히고 보니, 실작인의 손에는 소출의 삼 할도 떨어지지 않았다. 그후로 '죽겠다' '못살겠다' 하는 소리는 중이 염불하듯 그들의 입길에서 오르내리게 되었다. 남부여대하고 타처로 유리하는 사람만 늘고, 동리는 점점 쇠진해 갔다.

―「고향」

'그'가 고향을 떠날 수밖에 없는 과정을 서술하고 있는 이 부분을 통해 작가는 일제에 의한 조선 농촌 수탈의 방법을 압축적으로 요약 제시하고 있다. 이 점을 보다 자세하게 논의하면 다음과 같다. 조선 후기 사회에 들어서면서, 근대 자본주의의 맹아라 할 수 있는 경영형 부농이 등장 한다. 근대 자본주의의

▲ 동양척식주식회사.

역사적 발전 과정을 염두에 둘 때, 근대 이전 중세 사회에서는 지주와 소작인의 관계에 의해 자신의 땅을 가지고 농사를 짓는 자영 농민이 없었다. 그러다가 근대 자본주의가 발흥하면서 자신의 땅을 가지고 농사를 지어 부농으로 성장하는 경영형 부농이 등장한다. 조선 후기 사회에 들어 이런 경영형 부농이 등장하면서, 조선 사회는 자율적인 근대화의 초석을 마련한다. 그러나 조선 사회는 일제의 식민지로 전락하면서 자생적 근대화의 발판을 상실하게 되는데, 그 중추 역할을 담당한 것이 일제에 의해 세워진 '동양척식회사'이다. 곧 일제는 동양척식회사를 설립하여 토지신고제를 시행하는데, 이것은 경영형 부농으로 등장한 농민들이 자신이 가진 토지를 신고하도록 하는 제도이다. 그런데 당시의 열악한 정보체제와 농민들의 무관심과 무지로 인해 신고가 제대로 시행되지 않았고, 이를 악용해 일제는 신고되지 않는 토지를 전부 동양척식회사의 소유로 전환시킴으로써, 경영형 부농들은 자신의 토지를 잃고 다시 소작인으로 전락

(현진건 문학 자세히 읽기)

하게 되는 것이다. 말하자면, 조선 후기에 등장한 자생적 근대화의 싹은 꺾여지고, 조선 사회는 일제에 의해 다시 지주와 소작인의 관계로 뒷걸음치게 되는 것이다. 여기에 고율의 소작료가 겹쳐지면서 농촌은 피폐화되고, 결국 농민들은 황폐한 농촌을 떠나 멀리 간도로 남부여대(男負女戴)를 하면서 떠나거나 도시 빈민층으로 전락하게 된다. 작가 현진건은 이런 역사적 전개 과정을 정확히 파악하고, 이 작품을 통해 일제에 의한 당대 농촌의 황폐화 과정을 압축적으로 제시하고 있는 것이다.

"흥, 그렇구마. 무너지다 만 담만 즐비하게 남았즈마. 우리 살던 집도 터만 안 남았는기오만 찾아도 못 찾겠더마. 사람 살던 동리가 그렇게 된 것을 혹 구경했는기오?"
하고 그의 짜는 듯한 목은 높아졌다.
"썩어 넘어진 서까래, 뚤뚤 구르는 주추는! 꼭 무덤을 파서 해골을 헐어 젖혀 놓은 것 같더마. 세상에 이런 일도 있는기오? 백여 호 살던 동리가 십 년이 못 되어 통 없어지는 수도 있는기오, 후!"

―「고향」

작가는 이처럼 황폐화된 조선 농촌을 '썩어 넘어진 서까래, 뚤뚤 구르는 주추'에 비유하고 있는데, 이를 통해 우리는 작가 현진건의 당대 사회 현실에 대한 깊은 인식을 잘 포착할 수 있다. 이 작품의 주인공인 그는 일제 식민지 치하에서 억압받는 조선인의 전형에 해당되며, 그의 눈물은 일제에 의해 짓밟힌 조선의 얼굴로 요약 상징된다.

일제 강점기의 조선 사회의 비참한 현실에 대한 작가의 인식은 도시빈민층의 궁핍한 삶으로 연결된다.「사립 정신병원장」은 가난과 궁핍에 견딜 수가 없어 돈 있는 집 '미친 자식'의 병간호를 맡아 생활을 연명하다가 마침내는 살인을 하고 자기가 도

▲ 당시의 인력거.

리어 미치고 마는 고향 친구의 이야기를 통해 일제 치하 비참한 현실을 잘 그려내고 있다.

「운수 좋은 날」은 일제 강점기 조선 사회의 궁핍한 현실에 대한 현진건의 깊은 인식과 작가적 역량이 어우러진 대표작이다. 이 작품은 가난한 인력거꾼 김 첨지가 모처럼 맞게 되는 행운에서 출발하여 작품 결말에 이르러 그의 아내의 죽음으로 이어지는 불운으로 급전되는 반어적 구성을 통해, 1920년대 중반 식민지 치하에서 궁핍한 삶을 살아가는 도시 하층민의 모습을 객관적으로 보여주고 있다. 이 소설은 다음의 첫 구절로부터 시작된다.

새침하게 흐린 품이 눈이 올 듯하더니 눈은 아니 오고 얼다가 만 비가 추적추적 내리었다.

—「운수 좋은 날」

소설 전체에서 이 부분은 복선에 해당된다. 곧 눈이 왔다면 김 첨지는 인력거를 끌고 나오지 않았을 것이고, 그의 아내도 죽지

(현진건 문학 자세히 읽기)

않았을 것이다. 그러나 '얼다가 만 비'가 내리기에 김 첨지는 인력거를 끌고 나오게 되었고, 그것이 처음엔 행운으로 작용하다가 작품 결말에서는 불행으로 귀결된다.

굶주려 죽어 가는 아내의 병을 돌볼 겨를도 없이 돈을 벌기 위해 나온 인력거군 김 첨지는 오래간만에 많은 손님을 태우는 '운수 좋은 날'을 맞이한다. 그러면서 김 첨지는 집에 누워 있는 아내를 떠올리며 불안해 한다.

> 인력거가 무거워지매 그의 몸은 이상하게도 가벼워졌고 그리고 또 인력거가 가벼워지니 몸은 다시금 무거워졌건만 이번에는 마음조차 초조해 온다. 집의 광경이 자꾸 눈앞에 어른거리어 인제 요행을 바랄 여유도 없었다. 나무 등걸이나 무엇 같고 제 것 같지도 않은 다리를 연해 꾸짖으며 갈팡질팡 뛰는 수밖에 없었다.
> ―「운수 좋은 날」

겹치는 행운과 아내에 대한 불안감이 복합된 김 첨지의 심리를 인력거의 무게로 객관화시킴으로써 결말의 불행을 암시하고 있다. 결국 김 첨지의 이런 불안감은 현실화되고 만다. 돈을 벌고 기분 좋은 마음에 술을 마시고 아내를 위해 설렁탕을 사 들고 집에 들어갔을 때 아내는 이미 죽어 있었던 것이다.

따라서 '운수 좋은 날'은 실상 '운수 없는 날'에 해당된다. 작가는 운수 좋은 날을 아내의 죽음이라는 지극히 운수 나쁜 날로 전환시키는 반어법과 소설 서두에 배치된 복선, 그리고 빈틈없는 구성과 절제를 통해 일제 강점기의 비참한 현실을 사실적으로 묘사하고 있는 것이다. 특히 작가는 현실의 비참함이 가난에서 연유된 것이며, 그 가난은 모두 돈에서 비롯된 것이라 보고 있다. 곧 운수 좋은 날은 돈을 많이 벌어서 좋았지만, 결국은 그 돈 때문에 아내가 죽고 마는 비참한 날이 되고 만 것이다.

　　김 첨지는 취한 중에도 돈의 거처를 살피는 듯이 눈을 크게 떠서 땅을 내려다보다가 불시에 제 하는 짓이 너무 더럽다는 듯이 고개를 소스라치자 더욱 성을 내며,
　"봐라, 봐! 이 더러운 놈들아, 내가 돈이 없나, 다리 뼉다구를 꺾어 놓을 놈들 같으니."
하고 치삼이 주워 주는 돈을 받아,
　"이 원수엣 돈! 이 육시를 할 돈!"
하면서 팔매질을 친다. 벽에 맞아 떨어진 돈은 다시 술 끓이는 양푼에 떨어지며 정당한 매를 맞는다는 듯이 쨍하고 울었다.
　　　　　　　　　　　　　　　　　　　　　　　－「운수 좋은 날」

　　김 첨지의 돈에 대한 증오를 압축적으로 묘사하고 있는 부분이다. 작가는 이를 통해 당대 조선 사회의 가난과 비참함이 모두 돈에서 비롯된 것이라고 강조하고 있다. 실제로 당대 조선 사회는 근대 자본주의의 형태를 구축해 가고 있지만, 실상은 일제에 의한 타율적 근대화로 진행되었고, 그 결과 자본주의의 표상인 돈은 식민지 조선의 지배계층에게만 몰렸고, 하층민들은 돈으로부터 소외당한 채 하루하루를 비참하게 연명할 수밖에 없었다.
　　작가는 「고향」과 「운수 좋은 날」을 통해 일제에 의한 조선 농촌의 수탈, 그로 인한 도시 빈민의 양산 과정과 그들의 궁핍한

(현진건 문학 자세히 읽기) ....

생활을 사실적으로 묘사함으로써 당대 현실에 대한 깊이 있는 인식을 잘 드러내고 있다.

5. 맺음말

　빙허 현진건은 민족의식이 투철한 근대문학의 선구자로서, 한국 사실주의 문학의 개척자, 근대 단편소설의 효시, 표현기교의 천재 등의 평가를 받고 있다. 단편「희생화」로 문단에 등단한 현진건은 21편의 단편과 3편의 장편, 1편의 미완성 장편을 남겼다. 그의 작품들은 내용별로 세 가지로 유형화할 수 있다. 첫째, 일제 강점기의 고뇌하는 지식인 상을 다루고 있는「빈처」,「술 권하는 사회」,「피아노」,「타락자」의 유형, 둘째, 구시대의 악습과 새로운 시대의 풍습간의 갈등을 다루는「B사감과 러브 레터」,「불」,「발」의 유형, 셋째, 일제 강점기의 비참한 농촌 현실과 도시 빈민의 궁핍한 생활을 다루는「고향」,「운수 좋은 날」,「사립 정신병원장」의 유형이 그것이다. 1920년대 한국 소설사에서 현진건은 뛰어난 단편 작가이자 사실주의 작가로 평가받을 수 있을 것이다.

십대들을 위한
현진건 문학사전

주요 어휘 풀이/현진건 연보/현진건의 문학세계

········· 주요 어휘 풀이 ·········

■ 「운수 좋은 날」
인력거꾼 인력거를 끄는 사람.
문안 성문 안. 여기서는 사대문 안을 의미함.
백동화 백통전. 동전의 한 가지로, 백통으로 만든 은빛의 주화.
달포 한 달 이상이 되는 동안.
조밥 좁쌀로만 지은 밥.
오라질 '오라로 묶여 갈'의 뜻으로, 상대를 부르는 말에 앞세워, 그를 욕하는 뜻을 나타냄.
천방지축 어리석은 사람이 종잡을 수 없이 덤벙대는 일.
동기방학 겨울방학.
노박이로 줄곧. 계속적으로.
우장 비를 가리기 위해 입는 우비.
난봉 주색에 빠지는 일.
버들고리짝 옷 따위를 넣는 고리.
너비아니 구이 쇠고기를 얄팍얄팍하게 저며서 양념을 하여 구운 음식.
원원이 본디부터.
허장성세 실력이 없으면서 허세로 떠벌림.
추기 추악한 냄새나 기운.
주야장천 밤낮으로 쉬지 않고 잇달아서. '언제나, 늘'의 뜻.
시진한 기운이 빠져 없어진.

■ 「빈처」
모본단 비단의 하나.
전당국 전당포. 값진 물건을 잡고 돈을 꾸어 주는 곳.
궐련 종이로 말아 놓은 담배.
공일 일하지 않고 쉬는 날, 곧 일요일.
소사 작은 일, 대수롭지 않은 일. ↔대사
언문 옛날에 '한글'을 속되게 이르는 말.
시러베아들놈 실없는 사람을 낮추어 이르는 말.
밥소라 밥, 떡국, 국수 등을 담는 큰 놋그릇.
보조 보충하여 돕는 것.
오촌 '종숙'과 같은 의미.
당숙 '종숙'을 친근하게 일컫는 말. 종숙

은 아버지의 사촌 형제를 일컫는 말.
말경 인생 말년의 지경(地境). 늙바탕.
비렁뱅이 '거지'를 얕잡아 이르는 말.
발명 죄나 잘못이 없음을 변명하여 밝히는 것.
주권 주주의 출자에 대하여 교부하는 유가 증권.
몰풍스럽게 정이 도무지 없는.
심골 마음속.
등피 남포에 씌운 유리 꺼펑이.
초연히 초라하고 쓸쓸하게.
지나 중국을 달리 이르는 말.
천품 선천적으로 타고난 기품.
말유 만족해 하지 않음.
창경 창문이나 창문에 단 유리.
가뜬하다 '가든하다'의 센말. '가든하다'는 마음이 가뿐하고 쾌하다의 의미임.
정지 불쌍한 처지.

천변 지금의 '청계천'을 이르는 옛말.
배다리 교각을 세우지 않고 널조각을 걸쳐 놓은 다리.
당목옷 굵은 무명실로 폭이 넓고 바닥을 곱게 짠 당목으로 지은 옷.
당혜 울이 깊고 코가 작은 가죽신의 한 가지.
처형 아내의 언니.
기미 '미두'와 같은 말. '미두'는 쌀의 시세를 이용하여 약속만으로 거래하는 일종의 투기 행위.
시들마른 기운이나 풀기가 빠져서 생기가 없이 쪼그라진.
인력거 사람을 태우고 사람이 끄는, 두 개의 큰 바퀴가 달린 수레.
남폿불 석유를 연료로 하는 서양식 등잔에 켠 불.
화로 숯불을 담은 놓은 그릇.

현진건(玄鎭健) 연보

1900년(1세) 9월 9일, 경북 대구에서 우체국장이었던 아버지 현경운의 네 형제 중 넷째로 태어남. 호는 빙허(憑虛).
1912년(13세) 일본 동경에 있는 세이조(成城) 중학교에 입학함.
1917년(18세) 동경 독일어전수학원 졸업함.
1918년(19세) 중국 상해로 건너가 외국어학교인 호강 대학에서 독일어를 계속 수학함.
1919년(20세) 호강 대학을 중퇴하고 귀국함.
1920년(21세) 처녀작인 단편「희생화(犧牲花)」를 『개벽』지 11월호에 발표하였으나 혹평을 받음.
1921년(22세) 단편「빈처(貧妻)」를 발표하면서 소설가로서 주목을 받기 시작함. 박종화, 나도향, 홍사용, 박영희와 더불어 『백조(白潮)』 동인에 참가함. 단편「술 권(勸)하는 사회(社會)」를 발표함.
1922년(23세) 단편「유린(蹂躪)」「피아노」「영춘류(迎春柳)」 등과 중편「타락자(墮落者)」를 발표함으로써 단편 작가로서의 자리를 굳힘. 조선일보에「고향」을「그의 얼굴」이란 제목으로 발표함.
1923년(24세) 단편「할머니의 죽음」「지새는 안개」「까막잡기」 등을 발표함. 최남선이 주간한 월간지『동명』의 편집 동인이 됨.
1924년(25세) 단편「그립은 흘긴 눈」「운수 좋은 날」(『개벽』6월호) 등을 발표함.

치사 감사하는 뜻을 표함.
사랑양반 남의 남편을 그의 아내 앞에서 높이어 일컫는 말.
동서 형제의 아내끼리나 자매의 남편끼리 서로 일컫는 말.

■「술 권하는 사회」
오락지 '오라기'의 방언. '오라기'는 헝겊 따위의 좁고 긴 조각을 의미함.
부급 타향으로 공부하러 감.
금지환 금가락지.
배치되는 서로 반대로 되어 어긋나는.
구역 토할 듯 메슥메슥함.
낭자 물건 따위가 마구 흩어져 있어 어지러움.
몽경 꿈속.
이취자 술에 곤드레만드레 취한 사람.
파수(破羞) 수치심이 없음.

보조 걸음걸이.
고소(苦笑) 쓴 웃음.
하이칼라 취향이 새롭거나 서양식 유행을 따르는 일, 또는 그런 사람.
유위유망 능력이 있고 희망이 있음.
부지불식간 알지 못하는 사이.
흉장 가슴.

■「불」
뻗지르다 이 끝에서 저 끝까지 뻗쳐서 내지르다.
함지박 통나무를 파서 큰 바가지같이 만든 전이 없는 그릇.
주악빛 '주악'은 찹쌀 가루에 대추를 이겨 끓는 물에 반죽하고, 설탕에 버무린 팥소 따위를 넣어 송편처럼 빚어서 기름에 지져 꿀에 재운 떡으로, 그런 떡의 빛깔.
깍짓동 뚱뚱한 사람의 몸짓을 비유하여 이

1925년(26세) 단편 「불」(『개벽』1월호) 「B사감(舍監)과 러브 레터」(『조선문단』2월호) 「새빨간 웃음」 등을 발표함. 번역소설 『첫날밤』 간행됨. 동아일보사에 입사함.
1926년(27세) 단편소설집 『조선의 얼굴』 간행됨. 단편 「사립정신병원장(私立精神病院長)」과 논문 「조선과 현대정신의 파악」을 발표함.
1929년(30세) 단편 「신문지(新聞紙)와 철창(鐵窓)」「정조(貞操)와 약가(藥價)」를 발표함.
1931년(32세) 단편 「서투른 도적」「연애의 청산」 등을 발표함.
1936년(37세) 동아일보 사회부장으로 재직 중 손기정 선수가 베를린 올림픽에서 마라톤으로 우승하자, 사진을 손봐서 신문에 게재한 것이 '일장기 말살사건'에 연루되어 구속, 1년간 복역함. 단편집 『조선의 얼굴』이 일제에 의해 판매 금지됨.
1937년(38세) 출옥함. 동아일보 사회부장 사임.
1938년(39세) 동아일보에 장편 역사소설 『무영탑(無影塔)』을 연재함.
1939년(40세) 동아일보에 장편소설 『적도(赤道)』를 연재함. 박문서관에서 『무영탑(無影塔)』과 『적도(赤道)』가 간행됨.
1940년(41세) 장편소설 『흑치상지(黑齒常之)』가 동아일보에 연재되다가 내용이 사상적으로 불온하다는 이유로 중지됨.
1943년(44세) 3월 21일, 서울 동대문구 제기동의 자택에서 장결핵으로 타계함.

르는 말.
단열밤 짧고 뜨거운 밤.
삿자리 갈대를 엮어서 만든 자리.
석경 유리로 만든 거울.
섬거적 새끼로 날을 하여 짚으로 두툼하게 쳐서 자리처럼 만든 물건.
사면 팔방 모든 방면.
사개 물러난 사개(짜임새)가 어긋난. 여기서는 뼈마디가 쑤실 정도로 몹시 피곤한 상태를 의미함.
쇠죽 소의 먹이로, 여물과 콩 따위를 섞어서 끓인 죽.
호령일하 명령 한마디.
솔개비 소나무의 마른 가지.
야료 까닭 없이 트집을 부리고 마구 떠들어대는 것.
율랑율랑 가볍게 움직이는 모양.
목판 (음식 따위를 담아 나르는 데 쓰는) 모지게 만든 나무 그릇.
방어 전갱이과의 바닷물고기. 몸길이 100cm 이상.
악지 세다 악지스러운 고집이 세다.

■ 「B사감과 러브 레터」
사감 기숙사에서 기숙생들의 생활을 감독하는 사람.
딱장대 부드러운 맛이 없고 딱딱한 사람.
찰진 아주 심한.
야소꾼 예수쟁이.
러브 레터 연애편지.
항용으로 늘, 보통으로.
바자 자선사업의 기금을 마련하기 위하여 벌이는 전시품 판매장.
상학 학교에서 그 날의 수업이 시작됨.
말 낱 말 한마디 한마디.
땍대굴 '댁대굴'의 센말. 단단하고 작은 물건이 단단한 바닥에 떨어져 부딪치며 구르는 소리. 또는 그 모양.
피륙 실로 짠 새 베.

■ 「까막잡기」
까막잡기 술래가 수건 따위로 눈을 가리고, 미리 정한 범위 안에 있는 다른 한 사람을 잡아서 다음 술래로 삼는, 아이들의 놀이. 술래잡기.
장도리 못을 박거나 빼는 데 쓰는 연장.
천병만마 썩 많은 군사와 말. 천군만마.
코러스 합창의 영어로, 원어는 chorus임.
백화난만 온갖 꽃이 피어서 아름답게 흐드러짐.
잠방이 가랑이가 무릎까지 내려오게 지은, 짧은 남자 홑바지.
불공대천지 원수 도저히 그냥 둘 수 없을 만큼 원한이 깊이 사무친 원수.
재생지 은덕 죽게 된 목숨을 다시 살려 준 은혜.
젓대 소리 저를 부르는 소리. '저'는 가로 대고 부는 피리를 통틀어 이르는 말.
도수장 소나 돼지 따위 가축을 잡는 곳. 도살장. 도축장.
틀애머리 파마 머리.
메추라기 꿩과의 새. 농경지 부근의 풀밭에서 흔히 볼 수 있는 겨울새. 메추리.
군호 군대에서 쓰는 암호.

멋질린 방탕한 마음을 가지게 된.
지척하고 힘없이 다리를 끌면서 걷는 모양.
대경질색 몹시 놀라 얼굴빛이 하얗게 변함.

■ 「발」
야시 밤에 벌이는 시장.
순사 일제 때, 경찰관의 최하 계급.
사단 사건의 실마리.
절치 부심 몹시 분하여 이를 갈며 속을 썩임.
객주 지난날, 상인의 물품을 맡아 팔기도 하고, 매매도 하며, 그 상인들을 치기도 하던 영업.
염집 '여염집'의 준말, 일반 서민의 살림집.
쌍바라지 좌우로 열도록 두 짝으로 만든 문.
경부 일제 때, 경찰관직의 이름.
씩둑꺽둑하다 이런 말 저런 말을 부질없이 자꾸 수다스럽게 지껄이는 모양.
숙덕(→숙맥) 사리분별을 못하는 어리석은 사람을 이르는 말.
앙바틈하다 작달막하고 딱 바라지다.
도고한 스스로 도덕적 수양이 높은 체하며 교만함.
탯거리 '맵시'의 속된 말.
허섭스레기 (좋은 것을 고르고 난 다음의) 허름한 물건.
발전 발을 파는 가게.
위지 삼잡 겹겹으로 둘러싸는 일.
구류간 구속되어 있는 사람 등을 수용하는 시설.
수감 감방에 가둠.
때가다 잡혀 가는 것을 속되게 이르는 말.

▲『조선문단』 시절의 현진건(왼쪽)과 춘원 이광수(가운데).

현진건의 문학세계

현진건은 치밀하고 섬세한 사실주의적 묘사와 반전의 수법, 반어적 구조의 활용 등으로 1920년대 우리 나라 근대 단편소설의 미학을 확립한 작가로 평가되고 있다.
「빈처」 「술 권하는 사회」 「타락자」 등 초기 작품에는 근대 사회로의 변혁기에 처한 지식인의 좌절과 갈등이 주로 나타나며, 20년대 중반 이후에는 「운수 좋은 날」 「고향」 등 식민지 사회의 모순과 하층민의 고통을 그린 작품을 많이 창작하였다. 그리고 일본 군국주의가 강화되어 가던 30년대 중반 이후에는 내재화된 민족주의와 사회 의식을 바탕으로 새로운 세계를 갈망하는 유토피아 의식을 담은 작품에 몰두해 『무영탑』 『흑치상지』 등의 성과를 남겼다.

■ 「피아노」
궐 그 남자.
번루 번거로운 근심과 걱정.
세간 집안 살림에 쓰는 온갖 물건. 살림살이.
소쇄한 산뜻하고 깨끗한.
찬비 지난날, 반찬 만드는 일을 맡아 보던 여자 하인. 반빗아치.
승두미리 대수롭지 않은 이익.
대몽 (장차 좋은 일이 있을 징조가 되는) 크게 길한 꿈.
서기 경사스러운 분위기.

■ 「고향」
옥양목 고운 무명.
유지 기름 먹인 종이.
감발 발감개를 한 차림새.
뉘엿거린다 토할 듯이 속이 메슥거린다.
니상나얼취 어디가십니까?
니싱섬마 이름이 무엇입니까?

뚜우한 말이나 동작이 자유롭지 못하고 둔한.
기진야도 근로자 합숙소.
겅성드뭇한 띄엄띄엄 성기고 드문드문 돋아난 듯한.
신산스러운 '맵고 신맛이 있는'의 뜻으로, 여기서는 세상살이의 고됨을 의미하는 말.
채쳤다 몹시 재촉하였다.
역둔토 역에 딸린 소작지와 지방 주둔 군대의 경비를 조달하기 위한 소작지.
사삿집 공공 관서가 아닌 개인의 가정.
동양척식회사 1908년 일제가 자본금 1,000만 원으로 조선에 설립한 국책회사. 주로 토지를 강점·강매하여 고율의 소작료를 징수하는 한편 막대한 양의 양곡을 일본으로 반출하는 등 한국경제 수탈의 본거지였음.
실작인 착실하게 농사를 잘 짓는 소작인.
소출 곡식.
남부여대 남자는 지고 여자는 임. 가난한 사람들이 살 곳을 찾아 이리저리 떠도는 모양.
유리 정처 없이 떠돌아다니며 빌어먹음.
신신 새로워짐.
전야 논밭과 들.
악착한 잔인하고 끔찍스러움.
규슈 일본 열도를 이루는 4대 섬 중 가장 남쪽에 있는 섬, 또는 그 섬을 중심으로 하는 지방.
주접 한때 머물러서 사는 곳.
주추 주춧돌. 기둥 밑에 괴는 물건.
둬 두어.
까닭 사연.
탐탁하게 마음에 들어 흐뭇하게.

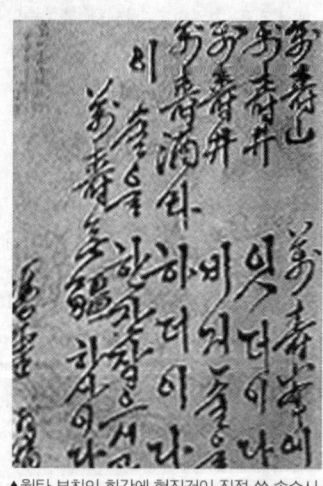
▲월탄 부친의 회갑에 현진건이 직접 쓴 송수시.

유곽 지난날, 공창제도(公娼制度)가 있었을 때, 창녀가 모여서 몸을 팔던 집. '공창'은 관청의 허가를 얻어 매음 행위를 영업으로 하는 여자를 이르는 말.
궐녀 그 여자.
탕감 면제.
유산 공업용으로 금속을 녹이는 데 사용되는 황산의 옛말.
새록새록 거듭하여 새롭게.

■ 「사립 정신병원장」
서발 막대 거칠 것 없다 몹시 가난하다.
출계 양자로 들어가서 그 집의 대를 이음.
빚봉수 남에게 갚아야 할 돈을 맡음.
판들다 가진 재산을 함부로 써서 죄다 없애 버리다.
조반석죽 아침에는 밥, 저녁에는 죽을 먹는다는 뜻으로, '몹시 가난한 살림'을 이르는 말.
궐하다 해야 할 일을 아니하다. 빠지다.
협호 딴 살림을 할 수 있도록 원채와 떨어져 있는 집채.
고원 고용직.
공인증 사람을 무서워하는 병.
비두발괄 딱한 사정을 하소연하며 간절히 청하여 빎.
청요릿집 중국요릿집.
배갈 수수를 원료로 빚은 중국식 소주. 고량주.
정종 일본식 '청주'를 흔히 이르는 말.
악머구리떼 요란스럽게 잘 운다하여 참개구리떼를 이르는 말.

■ 「할머니의 죽음」
양조모 양자로 들어간 집의 할머니.
중부 아버지의 형제 가운데서, 백부(큰아버지) 이외의 아버지의 형을 이르는 말.
호상 오래 살고 복을 많이 누리다가 죽음 사람의 상사.
양모 양어머니.
삽짝 '사립짝'의 준말. '사립짝'은 나뭇가지를 엮어서 만든 문짝이라는 뜻.
울막 비바람만 가릴 정도의 임시로 지은 집.
상청 '궤연'의 속된 말. '궤연'은 죽은 이의 영위를 두는 영궤와 그에 딸린 물건을 차려 놓은 방.
해로가 상여 소리를 달리 이른 말. 만가.
곰비임비 물건이 거듭 쌓이거나 일이 겹치는 모양.
다라니 불교에서, 모든 악법을 막고 선법을 지킨다는 뜻.
의지간 집의 처마끝에 잇대어 늘여 짓거나 차양을 달아 원채에 잇대어 지어 놓은 임시 공간. '달개'라고도 함.
만수향 여러 가지 향료를 섞어 만든 선향의 한 가지.
북포 지난날, '함경북도에서 나는 삼베'를 이르던 말.
부의 초상 난 집에 부조로 돈이나 물건을 보내는 일.
주부(主簿) '한약방을 차리고 있는 사람'을 이르는 말.
깁 명주실로 바탕을 조금 거칠게 짠 비단.
올 실이나 줄의 가닥.
앵화 벚꽃.

논술 포인트 10

1 「빈처」를 읽고, '나와 아내'의 삶과 '처형 부부'의 삶을 대비하면서, 삶에 있어서 가치 있는 것이 무엇인지에 대하여 논하시오.

Point 이 작품에서 '나와 아내'는 가난하지만 서로를 이해하고 사랑하면서 정신적인 행복을 추구한다. 반면 '처형 부부'는 물질적으로 풍요하지만, 남편이 노름을 하고 심지어 아내에게 폭력을 휘두르는 등 정신적으로 불행한 삶을 살아간다.

오늘날 우리가 살아가는 자본주의 사회는 물질적 풍요로움을 삶의 행복 조건으로 삼는다. 그러나 물질적 가치만을 추구하는 삶은 '처형 부부'에서 보듯 불행해질 수밖에 없다. 정신적 측면의 행복을 추구하면서 그 바탕 위에서 물질적 가치를 추구하는 삶이야말로 바람직한 삶일 것이다.

2 「술 권하는 사회」에서 주인공이 비판하고 있는 당시 사회의 잘못된 점을 오늘날의 우리 사회에 나타나고 있는 문제점과 관련시켜 논하시오.

Point 동경 유학생 출신인 주인공은 처음에 귀국하여 식민지 치하에 있는 조선을 위해 무엇인가를 열심히 해 보려 한다. 그런데 당시 조선 사회의 다른 지식인들이 시대적 상황과는 상관없이 자신과 자신이 속한 집단만의 이익을 추구하면서 이전투구 식의 다툼을 벌이는 것을 보고 좌절한다.

이처럼 자신과 자신의 집단만을 생각하는 측면은 오늘날의 우리 사회에도 나타나고 있다. 타인에 대한 배려는 전혀 하지 않고 자신의 이익만을 추구하는 개인주의와 이기주의는 물론이고, 사회의 공익을 생각하지 않고 자신의 집단의 이익만을 추구하는 집단이기주의가 그 예이다. 이런 이기적인 측면은 사회 구성원의 분열을 야기하고 궁극적으로 사회의 발전을 저해하는 것이기에 비판받아 마땅하다.

3 「할머니의 죽음」에는 할머니를 병간호하는 중모의 요식적인 행위가 나타나고 있다. 이를 비판하면서 오늘날의 참된 효는 무엇인지에 대하여 논하시오.

Point 중모는 겉으로는 할머니를 위하는 척하지만 실제로는 하루빨리 할머니가 돌아가시기를 바란다. 이로 인해 중모의 할머니에 대한 병간호는 요식적인 행위에 머물고 있다.

오늘날 점점 핵가족화되어 가면서 우리 사회의 전통적 미덕이었던 어른에 대한 공경심과 효 사상이 점차 사라져가고 있다. 자식이 있는데도 양로원에서 쓸쓸한 여생을 보내는 노인들, 전철의 경로석에 버젓이 앉아 있는 젊은이 등은 그 단적인 예이다. 한 사회를 구성하는 기본 단위가 가족이다. 가족이 붕괴되면 사회도 붕괴되기 마련이다. 그런 가족을 지탱하는 핵심 요소가 어른에 대한 공경심, 곧 효이다. 따라서 우리 사회가 바람직한 모습을 띠기 위해서는 효 사상의 회복이 필수적이다. 진정 마음에서 우러나오는 효 사상을 되찾을 때, 부모님을 존경하고, 어른을 공경하는 따뜻하고 훈훈한 사회를 만들 수 있을 것이다.

논술 포인트 10

4 반어법은 어떤 말을 그 본래의 뜻과는 반대되는 뜻으로 써서 그 뒤에 숨은 반대의 뜻을 강조하는 표현 수법이다. 「운수 좋은 날」에 나타나는 반어에 대해 논하시오.

Point 이 소설의 제목인 '운수 좋은 날'은 실제로는 매우 불행한 날에 해당된다. 불행한 날임에도 불구하고 작가가 제목을 '운수 좋은 날'로 붙인 것은 상황의 모순과 대립을 극적으로 표현하기 위해서이다. 인력거꾼 김 첨지가 뜻밖에도 재수가 좋아서 돈을 많이 벌게 되었다는 것, 그리고 그 돈으로 아내에게 설렁탕도 사다 줄 수 있게 되었다는 것은 가족 전체에게 행운이 되어야 마땅하다. 그러나 이 소설은 오히려 상황을 전도시켜 놓고 있다. 김 첨지에게는 돈이 생겼지만, 그 돈을 쓸 곳이 없어져 버렸고, 그의 아내는 먹고 싶던 설렁탕을 죽어서야 받게 되는 것이다. 바로 여기에 이 소설의 구성에서 반어적 특성이 드러난다.

5 「운수 좋은 날」을 읽고 일제 강점기의 도시 하층민의 비참한 삶에 대해 논하시오.

Point 김 첨지는 돈에 대한 강한 증오감을 드러내고 있다. 이것은 김 첨지의 비참한 삶이 가난에서 연유된 것이며, 그 가난은 돈에서 비롯된 것임을 함축하고 있다. 곧 돈을 많이 벌어서 '운수 좋은 날'이었지만, 그 돈 때문에 아내가 죽고 마는 비참한 날이 되고 만 것이다. 작가는 이를 통해 당대 조선 사회의 가난과 비참함이 모두 돈에서 비롯된 것이라 강조하고 있다. 일제하 조선 사회는 근대 자본주의의 형태를 구축해 가고 있지만, 실상은 일제에 의한 타율적 근대화로 진행되었고, 그 결과 자본주의의 표상인 돈은 식민지 조선의 지배 계층에게만 몰렸고, 하층민들은 돈으로부터 소외당한 채 하루하루를 비참하게 연명할 수밖에 없었다.

6

「고향」은 기차 안에서 만난 동양 삼국의 옷차림을 한 사나이의 귀향과 이향을 중심으로 사건이 전개되고 있다. 이를 통해 작가가 드러내고자 한 것이 무엇인지 논하시오.

Point 사내는 고향 K군 H읍의 역둔토를 부치다가 나라가 일제 식민지 치하에 들어가면서 동양척식회사의 소작인으로 전락한다. 이로 인해 후하던 인심이 야박해지고, 중간 소작인들의 소행으로 소출의 삼 할도 남게 되지 않자 서간도로 이주한다. 거기서 막심한 고생 끝에 부모를 여의고 신의주, 안동현에서 품을 팔다가 다시 일본 규슈 탄광과 오사카 철공장을 전전한다. 그러다 귀국 후 고향에 가서 폐허가 된 고향을 보고, 또 그와 한동안 혼담이 오가던 여인이 돈 이십 원에 팔려 유곽의 여자가 되었다가 나이가 들어 일본인의 아이 보는 사람으로 연명하는 것을 본다. 이를 통해 작가는 일제의 착취로 인한 '음산하고 비참한 조선의 얼굴'을 강조하고 있다.

7 「고향」에 나타난 반전 구조에 대해 논하시오.

Point 이 작품의 첫머리는 기모노와 한복 저고리, 중국식 바지를 입은 사내의 천박한 관심과 너스레에 '나'가 눈을 찌푸리는 것으로 시작한다. 그러다가 점차 사내의 이력이 밝혀지면서 그의 복장이 세 나라를 유랑하는 데서 온 현상임을 알아차리게 된다. 그리하여, 결말에 이르러 '나'는 사내가 부르는 노래를 통해 그에 대한 강한 연민을 표출한다. 이처럼, 경멸에서 연민으로의 감정상의 반전과 고향→폐농이라는 반어적 양상이 결합되면서 사내의 불행이 입체적으로 부각되고 있다.

8 「B사감과 러브 레터」를 읽고, 구 시대적 인습과 새로운 인습 사이에서 갈등하는 사감의 이중 심리에 대하여 논하시오.

Point 이 작품은 반어적 대립과 전환을 통해 한 인간이 지니고 있는 인격의 이중성 내지 위선의 문제를 희극적으로 묘사하고 있다. B사감은 '사내란 믿지 못할 것, 여성을 잡아먹으려는 마귀인 것, 연애니 자유니 신성이니 하는 것도 악마가 지어낸 소리인 것'이라고 확신하는 남성 기피증 환자이다. 그런데 추리소설 같은 기법을 통해 작품 결말에 이르러서는 사감이 혼자서 사내의 목청을 흉내내며 러브 레터를 읽으면서 편지를 끌어안기도 하고 여인의 음성으로 응수도 하며 연극을 한다. 결국 사감은 자유 연애를 거부하는 엄숙주의자인 것처럼 행동하면서 그 이면에 이성을 갈구하는 심리를 지닌 이중 인격자인 것이다. 곧 사감은 '남녀칠세부동석'이라는 구시대적 인습과 자유 연애라는 새로운 인습 사이에서 갈등하면서 인격적 파탄을 드러내고 있는 인물이라 할 수 있다.

9 「불」에서 주인공 순이를 통해 작가가 비판하고자 하는 것이 무엇인지를 논하고, 더불어 그런 문제를 해결하는 방법의 한계는 무엇인지를 논하시오.

Point 순이는 열다섯 살밖에 안 된 소녀로 시집와서 농촌의 육체적 노동과 인습적인 사고를 지닌 시어머니에 의한 시집살이와 욕정이 강한 남편의 시달림으로 고생한다. 새벽부터 그녀는 남편의 시달림에 잠을 이룰 수 없었지만, 그보다 더욱 무서운 것은 시어머니의 불호령이었다. 이때부터 그녀의 고된 일과는 시작된다. 쇠죽을 끓이고, 물을 길어 나르고, 보리방아를 찧고, 논에 점심을 내고, 그러다간 마침내 쓰러지기까지 한다. 작가는 이를 통해 이른바 시집살이를 통한 보수적 인습이 낳은 조혼의 병폐를 비판하고 있다.

그러나 작가는 순이가 고통으로부터 벗어나는 방법으로 '원수의 방'에 불을 지르는 것으로 귀결시킴으로써, 순이의 근본적 고통 원인을 조혼과 시집살이로 상징되는 사회구조와 시대적 모순으로부터 해결하기보다는, 사내의 욕정이라는 개인적 측면에 한정시키는 한계를 보여주고 있다.

논술 포인트 10

> **10** 「피아노」라는 작품을 통해 작가가 비판하고자 하는 지식인의 허상은 무엇인가?

Point 이 작품의 주인공은 부모 덕택으로 수만 원 재산의 소유자가 된 동경유학생 출신의 지식인이다. 그는 구식 여자인 부인과 사별하고 나서 중등 교육을 마친 처녀와 신식 결혼을 한 뒤 서울에서 신 살림을 차리면서 이상적 가정을 꾸미기 위해 여러 값비싼 물건들을 집안에 들여놓는다. 그러다가 피아노를 들여놓고는 그것을 다루는 방법을 몰라 당황해 한다.

이를 통해 작가는 겉치레에 치중하는 위선적인 지식인을 비판하고 있다. 오늘날 우리 사회에서도 지식인들이 사회를 위해 지식을 베풀기보다는, 자신의 개인적 욕망과 명예만을 추구하면서 자신을 과시하는 경향이 있다. 값비싼 저택과 가재도구를 들여놓고 그것이 마치 출세의 상징인 것처럼 생각하는 지식인들이 그 예이다. 화려한 겉치레 치장에 몰두하기보다는, 자신의 지식을 갈고 다듬으면서 바람직한 사회를 건설하기 위해 노력하는 지식인이야말로 참된 지식인일 것이다.